Diogenes Taschenbuch 24153

Viktorija Tokarjewa

Der Baum auf dem Dach

Roman

Aus dem Russischen von Angelika Schneider

Diogenes

Originaltitel: ›Derevo na kryše‹
Die deutsche Erstausgabe
erschien 2010 im Diogenes Verlag
Umschlagillustration:
Farblithographie von Kees van Dongen,
›Brigitte Bardot‹, 1954

Veröffentlicht als Diogenes Taschenbuch, 2012

www.diogenes.ch
40/12/44/1
ISBN 978 3 257 24153 2

Matrjona

Sie hieß Matrjona, aber wie sollte man mit so einem Namen leben? Um sie herum gab es jede Menge Iskras, Klaras, Wilenas und Stalinas ... Im Pass ließ man es stehen, wie es war – Matrjona, aber in ihrer Familie und im Bekanntenkreis nannte man sie nur Vera. Das klang kurz und klar. Und ganz und gar revolutionär.

Vera war im Bezirk Kaluga geboren, drei Jahre nach der Oktoberrevolution. Was direkt nach dem Umsturz alles los war, daran erinnerte sie sich nicht mehr. Diese Zeit der Finsternis lastete auf den Schultern ihrer Eltern.

Als Vera herangewachsen war, stellte sich heraus, dass das Mädchen eine Schönheit war und ihr Weg Richtung Schauspielkunst führte. Alle hübschen Mädchen wollten damals Schauspielerin werden, wollten ihre Schönheit zeigen, wollten alle beeindrucken, und einen Einzigen ganz besonders. Ihn wollten sie heiraten, Kinder bekommen und in Liebe und nationalem Ruhm leben. Na, wer will das nicht ...

Vera packte ihr Bündel – einen Koffer hatte sie nicht – und machte sich auf nach Leningrad. Die aus ihrem Dorf wegzogen, gingen alle nach Leningrad – zum Geldverdienen, zum Studium und sogar zum Stehlen. Als wenn es außer Leningrad keine anderen Orte auf der Welt gegeben hätte.

Vor der Abreise sagte die Mutter zu Vera: »Merk dir das:

Du bist interessant, zu dir werden viele verheiratete Männer kommen. Wenn du erfährst, dass einer verheiratet ist – dann lass dich nicht mit ihm ein. Sag ihm: ›Nichts da … Geh heim zu deiner Frau …‹«

Welch naiver Wunsch. Denn natürlich waren all ihre späteren Verehrer verheiratet. Außerdem fragt die Liebe nicht, ob einer verheiratet oder ledig ist. Aber Vera, so seltsam das auch war, hielt sich an die Anweisung ihrer Mutter. Und sie befolgte sie ihr ganzes Leben lang.

Vera schaffte es, ins Leningrader Theaterstudio aufgenommen zu werden. Man nahm sie nicht wegen ihres Talents, sondern wegen ihres Typs. Sie war eine Russin, mit rotblonden Haaren, blauäugig, und schlank wie eine junge Birke. Sie war die Verkörperung Russlands.

Die neu Aufgenommenen waren mehrheitlich dunkelhaarig, mit feurigen Augen, eher südländische Typen. Die Revolution hatte die Sesshaftigkeit aufgehoben, und aus allen kleinen Orten kam die talentierte jüdische Jugend herbei. Das erwies sich für die Kultur als äußerst nützlich. Oder wie man in China sagt: »Lasst tausend Blumen blühen«, die südlichen genauso wie die nördlichen.

Vera bekam einen Platz in einem Wohnheim.

Sie hungerte sich durch. Aber damals lebten alle so. Solange man Kartoffeln hatte, Mehl und Wasser, brauchte man sich keine Sorgen zu machen.

Zum Tanzen ging sie in das Wohnheim des Polytechnischen Instituts.

Ein großer Kerl mit dicker Brille forderte sie auf. Die Augengläser waren rund wie bei einem Binokel.

Der Bursche – er hieß Alexander – war gebürtiger Leningrader und wohnte im Haus der Spezialisten, so hieß ein Haus, das für die rote Professorenschaft gebaut worden war. Er kam nur zum Tanzen ins Wohnheim, genauer gesagt, er kam nur wegen Vera. Er presste sie an sich, und Vera spürte, wie laut sein Herz schlug. Und nicht nur sein Herz. Das Ende seines Unterleibs wurde hart und schwer, wie eine Lokomotive. Alexander rammte die Lokomotive in ihren Bauch. Er überfuhr sie regelrecht.

Vera sah den jungen Mann vorwurfsvoll an. Aber was konnte er schon tun? Sein Körper gehorchte ihm nicht. Der Körper hat seine eigenen Gesetze.

Nach dem Tanzen begleitete Alexander Vera zu ihrem Wohnheim. Er musste die angesammelte Leidenschaft irgendwie loswerden, und so trug er Vera die Treppe hoch. Er hob sie mit einer Hand unter den Kniekehlen an, mit der anderen stützte er ihren Rücken, und so trug er sie bis in den vierten Stock. Vera kicherte und wurde noch schwerer.

All das ging über Alexanders Kräfte. Und so heiratete er sie.

Vera zog zu ihm ins Haus der Spezialisten, in die Professorenfamilie ihres Mannes.

Seine Eltern waren angenehme Leute, wenn auch für das Alltagsleben völlig untauglich. Sie konnten nur Bücher lesen. Wie alt gewordene Einserschüler.

Vera legte Kohl ein, buk Kartoffelkuchen und briet Heringe.

Die Katzen setzten sich unters Fenster und schauten nach oben. Der gebratene Hering roch gut. Der Geruch zog alle an. Die Katzen wurden ganz nervös.

Vera schaffte alles. Um sie herum waren alle glücklich, jeder auf seine Art. Der Professoren-Papa hatte noch nie im Leben so gut gegessen. Alexander musste seine Lokomotive nicht mehr auf dem Abstellgleis lassen, und sie fuhr auf geraden Schienen rund um den Erdball, wobei sie triumphierendes Getute von sich gab. Die Professoren-Mama litt ein bisschen darunter, dass ihr Sohn eine vom Dorf, eine einfache Frau, geheiratet hatte. Aber was konnte man da machen … Die Revolution vermischte eben alle Schichten und Abstammungen.

Außerdem war Vera zwar ein einfaches Mädchen, aber so einfach nun auch wieder nicht. Sie war schließlich Schauspielerin, spielte Čechov und Gorki …

Vera wurde einundzwanzig.

Ihren Geburtstag feierten sie fröhlich und laut, sie saßen bis drei Uhr nachts beieinander. Und um vier Uhr begann der Krieg mit Deutschland.

Niemand stellte sich das Ausmaß und die Schwere dieses Krieges vor. Man dachte: Na ja, das geht jetzt einen Monat, oder zwei … Genau so lange, wie man brauchen würde, um den Feind auf dem eigenen Territorium zu schlagen. Die Panzerabwehr war solide, die Panzer selbst waren schnell …

Niemand kannte so etwas – oder hätte es sich überhaupt nur vorstellen können – wie das, was später als die Blockade von Leningrad bezeichnet wurde.

Leningrad wurde später zur Heldenstadt ernannt. Doch in Wirklichkeit war es eine Märtyrerstadt gewesen.

Die Menschen kamen vor Hunger schier um den Verstand.

Alexanders Eltern gingen nicht mehr auf die Straße vor Schwäche. Sie hatten Angst, umzufallen und nicht mehr aufstehen zu können. In der Stadt blühte der Kannibalismus. Es wurde Menschenfleisch gegessen. Man sagte, das Fleisch schmecke gut, ähnlich wie Schweinefleisch.

Alexander war wegen seiner Kurzsichtigkeit vom Militärdienst befreit. Aber es wäre besser gewesen, man hätte ihn an die Front geschickt. Dort wäre er wenigstens ausreichend ernährt worden.

Alexander war jung und groß. Sein Organismus verkraftete den Hunger nicht. Er fing an, Vera ihre 125-Gramm-Brotration zu klauen. Aber auch dieses Stückchen Brot rettete ihn nicht. Es schien, ganz im Gegenteil, als ob das den leidenschaftlichen Wunsch zu essen nur noch mehr anfachen würde.

Eines Morgens sah Vera, dass die Schwiegereltern tot waren. Sie waren in der Nacht gestorben, beide zusammen, oder einer nach dem anderen, das wusste man nicht. Aber das machte auch keinen Unterschied mehr. Die Blockade von Leningrad machte den Tod zu einer gewohnten, ja fast alltäglichen Erscheinung. Es war, als ob sich alle in eine Schlange gestellt hätten, um in die andere Welt zu gelangen, und als warteten sie gehorsam auf ihre Stunde. Ganz ohne Angst. Das Leben hatte sich in ein ununterbrochenes Leiden an Hunger und Kälte verwandelt. Und der Tod war das Ende dieses Leidens.

Alexander sah mit Entsetzen auf die toten Eltern, auf ihre Nasen, die spitz und gelb geworden waren.

Er wusste, wo Vera ihre Lebensmittelkarten aufbewahrte: in einem Kästchen in der Kommode unter der Wäsche.

Er zog das Kästchen hervor, nahm den Streifen Lebensmittelkarten heraus und versteckte die Hand hinter dem Rücken. Wie ein Kind.

Vera versuchte die Hand zu erwischen, um ihm die Karten wegzunehmen. Dieser Streifen mit den Karten bedeutete Leben. Er war das ganze Leben eines einzelnen Menschen.

Aber Alexander war stärker als sie. Er packte Vera mit einem Arm unter den Knien, den anderen schob er unter ihren Rücken und trug sie zum Fenster, um sie aus dem fünften Stock hinabzuwerfen.

Aber auf halbem Weg überlegte er es sich und ging Richtung Eingang. Er hatte beschlossen, sie vor die Tür zu setzen. Auf dem Treppenvorplatz ließ er Vera einfach fallen, ging zurück in die Wohnung und verschloss die Tür von innen.

Vera hatte sich nicht einmal wehren können. Sie hatte einfach keine Kraft mehr gehabt.

Zurück in die Wohnung konnte sie nicht. Alexander hätte sie umgebracht. Vera war nicht einmal böse auf Alexander. Sie verstand ihn. Der Hunger war stärker als der Mensch.

Vera hatte eine Fähigkeit: Sie konnte in die Haut eines anderen Menschen hineinkriechen, ihn verstehen. Und verstehen heißt verzeihen.

Vera ging die Treppe hinunter. Sie trat in den Hof, setzte sich auf eine Bank.

Es war ein wunderschöner, frostiger Morgen.

Vera wandte das Gesicht der Sonne zu und blinzelte. Vor ihren geschlossenen Augen tanzten bunte Kreise. Und plötzlich tauchte ein Gesicht auf, braungebrannt, mit ausgeprägten Wangenknochen, die Haut spannte über dem Jochbein.

Es war ein älterer Soldat in einer Wattejacke und mit einer Mütze mit Ohrenklappen. Er schaute Vera schweigend an, dann sagte er: »Du wirst wenig zu essen haben, aber du wirst nicht sterben. Und eines Tages wirst du alles haben. Du musst jetzt nur aushalten.«

Er wandte sich um und ging davon. Auf seinem Rücken war ein Rucksack zu erkennen, der einem Hund ähnelte. Vera sah ihm nach. Woher war er gekommen? Wo ging er hin?

Vera saß auf der Bank und wusste nicht, was sie jetzt tun sollte, wohin sich wenden?

Sie erhob sich und ging zu einer Kirche. Die Kirche war offen. Die Gesichter der Heiligen schauten leidenschaftslos von den Wänden. Einer von ihnen war Iwan Bogoslow. Und er sah nicht irgendwohin, sondern genau zu Vera. Vera trat einen Schritt nach rechts. Der heilige Iwan folgte ihr mit den Augen. Vera ging ein paar Meter nach links. Iwan lenkte seinen Blick nach links. Er verfolgte sie. Sein Antlitz war braungebrannt, die Farbe war wohl mit der Zeit nachgedunkelt. Iwan Bogoslow erinnerte sie quälend an jemanden, aber an wen ... Vera konzentrierte sich und verstand plötzlich: Der Mann mit dem Rucksack, das war er! Auf der Ikone trug er keine Mütze, natürlich nicht, er war ja schließlich ein Heiliger ...

Vera wurde klar, dass Iwan Bogoslow zu ihr gekommen war. Er war ihr in einer schicksalhaften Minute erschienen, um ihr Kraft zu geben und sie zu unterstützen.

Aber warum ausgerechnet der heilige Iwan Bogoslow? Vera hatte eine kleine Ikone von Nikolaj Ugodnik, die ihr die Mutter mitgegeben hatte. Es wäre logischer gewesen, wenn ihr der heilige Nikolaj erschienen wäre. Aber es war

Krieg. Sterbende gab es zu Tausenden. Zu allen konnten sie es nicht schaffen. Vera war wohl der Heilige erschienen, der gerade frei war. Was machte das auch für einen Unterschied … Heiliger ist Heiliger.

Vera atmete die Kirchenluft tiefer ein, und es war, als tränke sie Wasser. Dann ging sie davon.

Jetzt war sie nicht mehr allein, sie hatte einen Schutzengel. Und nicht irgendeinen Schutzengel aus den hinteren Reihen, sondern Iwan Bogoslow.

Vera konnte bei ihrer Landsmännin Schura Golubewaja wohnen. Schura war zum Studium nach Leningrad gekommen, hatte aber die Aufnahmeprüfungen nicht geschafft und arbeitete jetzt als Kindermädchen bei einem einjährigen Kind.

Das Kind weinte vor Hunger, und Schura dachte ernsthaft daran, sich ein Stück Fleisch abzuschneiden. Sie wollte es abschneiden und kochen.

Die Zeit verging wie im Nebel. Das Volk murrte: Besser hätte man die Stadt den Deutschen gegeben, als diese tägliche Folter des Hungers. General Kutusow hatte im neunzehnten Jahrhundert die Stadt Moskau auch dem Feind übergeben, er hatte das Leben seiner Soldaten nicht riskieren wollen. Denn es gab nichts Wertvolleres auf der Welt als das Leben.

Aber für Stalin war ein Menschenleben nicht der Rede wert. Er wollte den Sieg um jeden Preis. In diesem Preis waren das Leben von Vera und Alexander inbegriffen, und das seiner Eltern und das der ganzen Stadt.

Alexander benutzte Veras Lebensmittelkarten, aber er starb trotzdem. Die Jungen starben schneller als die vertrockneten Alten.

Vera wurde im letzten Stadium der Unterernährung über den Ladoschsker See geschickt, oder wie man es damals nannte, über die ›Straße des Lebens‹. Die Lastwagen mit Menschen schleppten sich einer hinter dem anderen übers Eis. Die Deutschen bombardierten die ›Straße des Lebens‹ ohne Unterlass. Hier und dort spritzten Wasserfontänen auf. Die Lastwagen brachen im Eis ein. Die Menschen erstarrten klaglos, und auch Vera war fast ruhig. Sie wusste, dass ihr Schutzengel sie nicht im Stich lassen würde.

Und so war es auch. Veras Lastwagen kam durch.

Vera fing in einer Wäscherei an zu arbeiten. Es war eine höllische Arbeit. Alles wurde von Hand gemacht. Aber dafür gab es einen ganzen Laib Brot. Sie konnte daran riechen, so viel sie wollte, und es ganz langsam kauen, mit geschlossenen Augen.

Der Krieg ging zu Ende. Vera kehrte nicht nach Leningrad zurück. Sie brachte es nicht über sich. Die schweren Erinnerungen umwaberten sie wie klebriger Nebel. Sie wollte Klarheit, Sonne, weiten Raum.

So zog Vera nach Moskau. Sie trat ins Filminstitut ein, kämpfte sich durch.

Die Studenten, die Soldaten von gestern, trugen noch Uniform, denn sie hatten noch keine Zivilkleidung.

Die Mädchen waren modisch angezogen und satt, lebten bei Papa und Mama. Und zwischen ihnen stand Vera, dünn wie ein Stecken, immer hungrig, in dem immerselben Rock mit der immerselben Bluse. Sie hatte sich angewöhnt, auf Vorrat zu essen, zu jeder Zeit, denn man wusste ja nie, wann es wieder etwas gab. Vielleicht nie wieder … Die Blockade saß ihr noch in den Knochen, verwandelte sich in eine Manie.

Vera mietete sich ein Zimmer in einem Dorf bei Moskau. Dort war es billiger. Sie ernährte sich nur von Kartoffeln.

Nach der Ausbildung wurde sie im Theater angenommen. Wegen ihres Typs. Sie war ein einfaches russisches Mädchen. Die anderen sahen nach allem Möglichen aus, nach einer Deutschen, Französin oder Schwedin. Aber so eine, ein einfaches, erdverbundenes russisches Mädchen, so eine war nur Vera.

Manchmal schminkte man sie aufwendig und steckte ihr die Haare hoch, dann sah sie aus wie die junge Tarassowa. Aber die Tarassowa war vom Typus her eine stolze Generalin. Und Vera war ewig an allem schuld. So war jedenfalls ihr Gesichtsausdruck.

Der Mitstudent Wasja Beljajew scherzte über sie: »Das Geschlagen-Sein bestimmt das Bewusstsein«, in Anspielung auf den Satz von Marx, ›das Sein bestimmt das Bewusstsein‹.

Und das Leben schlug Vera ohne Unterlass.

Richtige Rollen gab man ihr keine, nur kleinere Auftritte. Sie wusste nicht, wo sie wohnen sollte. Der Lohn war eine einzige Schande. Sie hatte nichts als die Bezeichnung ›Schauspielerin‹.

Vera knauserte, wo sie konnte. Eines Tages fuhr sie nach der Aufführung nicht nach Hause, um das Fahrgeld zu sparen. Sie übernachtete in den Kulissen, in einer Ecke zwischen zwei Stellwänden.

Am Morgen stand sie vor Betriebsbeginn auf, wusch sich in der Toilette, frühstückte am Büffet Brot und Tee. Die Büffetfrau schenkte ihr eine Wurst.

Dann kamen die Leute. Die morgendlichen Proben begannen. Wenn Vera im Stück einen Auftritt hatte, nahm sie an den Morgenproben teil.

Danach, nach diesem Testlauf, übernachtete Vera oft in den Kulissen. Sie konnte eine alte Matratze ergattern und eine wattierte Decke. Morgens rollte sie alles zusammen und versteckte es.

Viele wussten von dieser Verletzung der Hausordnung, aber sie hielten dicht. Auch die Putzfrau, Tante Nadja genannt, sagte nichts. Vera tat ihr leid. Sie versetzte sich in ihre Lage: sich jeden Abend nach der Aufführung noch zum Bahnhof schleppen, dann die Fahrt mit der Vorortbahn, danach noch mal zwei Kilometer zu Fuß. Das alles bloß, um zu übernachten. Und morgens das Ganze umgekehrt, zwei Kilometer laufen, dann die Vorortbahn, dann vom Kazaner Bahnhof zum Theater. War es da nicht leichter, sich in die Kulissen zu verdrücken und den Arbeitstag ohne Hetze zu beginnen, ohne die Angst, zu spät zu kommen? Und außerdem sparte es Geld.

So übersiedelte Vera praktisch in die Kulissen. Nach Hause in das gemietete Zimmer fuhr sie nur, wenn sie einen freien Tag hatte, wenn sie weder im Stück auftreten noch am nächsten Morgen zu einer Probe musste.

Das Leben verlief einförmig, schleppte sich in einer vorgezeichneten Spur dahin, versprach weder Freuden noch Überraschungen. Was hatte Iwan Bogoslaw nur gemeint, als er ihr ›alles‹ vorausgesagt hatte? Oder hatte er sie vergessen? Warum hatte er ihr dann überhaupt etwas versprochen?

Vera weinte oft. Ohne mit dem Weinen aufzuhören, zog

sie unter dem Kopfkissen einen Kanten Brot hervor und knabberte daran. Seit der Blockade aß sie, wann immer sie konnte.

Vera aß und weinte, und währenddessen war Iwan Bogoslow wohl irgendwo in anderen Angelegenheiten unterwegs, die wichtiger waren. Also musste sie warten. Und es einfach aushalten. »Trage dein Kreuz und glaube …«. Das sagte immer Nina Zarjetschnaja, ebenfalls eine Schauspielerin.

Veras sämtliche Freundinnen, die Schauspielerinnen, mit denen sie zusammen studiert hatte oder arbeitete, hatten sich inzwischen irgendwie ein Leben aufgebaut. Einige hatten Kollegen geheiratet, andere hatten reiche Männer ihren Ehefrauen ausgespannt. Nach dem Krieg tobte unter den Frauen ein grausamer Überlebenskampf.

Vera hielt sich strikt an die Anordnung ihrer Mutter: ›Lass dich nicht mit Verheirateten ein.‹ Die Ehefrau war heilig.

Veras Freundinnen sahen in Vera ein Dummerchen. Die Ehefrau war doch keine Wand, die konnte man sehr wohl wegschieben. Alle versuchten irgendwie zurechtzukommen. Sie drehten Filme, bekamen Hauptrollen. Nur Vera wurde vom Leben behandelt wie ein Boxauto auf dem Jahrmarkt.

Von Zeit zu Zeit bekam sie eine Rolle, wegen ihres Typs, sie spielte die einfache, gute Frau. Die ohne Charakter.

Eines Tages kam nach der Aufführung der Bühnenbildner Vilja Kronberg auf sie zu. Er fragte, ob Vera nicht ein paar Stunden für ihn Zeit hätte, um für ihn Modell zu stehen.

»Nackt?«, fragte Vera erschrocken.

»Nein, auf keinen Fall …«

So war Vera einverstanden. Vilja vereinbarte mit ihr einen Zeitpunkt am Ende der Woche.

Die ganze Woche lang quälte sich Vera mit Warten.

Vilja war schön und reich, wie im Märchen. Und er war ledig.

Vera posierte ein paarmal für ihn. Sie saß mit kerzengeradem Rücken auf dem Stuhl. Das strengte sie sehr an.

»Entspannen Sie sich«, bat Vilja. »Sitzen Sie einfach da, sonst nichts.«

Schließlich räumte Vera das Atelier auf. Sie säuberte die Bilder, auf denen sich der Staub der Jahrhunderte angesammelt hatte. Dann buk sie eine Pirogge mit Kohlfüllung.

Vilja aß und konnte sein Glück kaum fassen.

»Wie machen Sie das bloß?«, fragte er.

»Man darf den Kohl nicht vorher kochen«, erklärte Vera, »nur kurz blanchieren, das reicht.«

»Es schmeckt wie Spargel«, erklärte Vilja entzückt.

Vera wusste nicht, was Spargel war, aber sie genierte sich zu fragen.

»Sehr interessant …«, sagte Vilja und gab sich ganz der Geschmacksempfindung hin.

Vera trug dieses ›sehr interessant‹ die ganze Woche mit sich herum. Warum hatte er das gesagt? Was bedeutete das wohl?

Sie erzählte es zwei Schauspieler-Freundinnen, erzählte von Vilja, von der Pirogge und von dem ›sehr interessant‹.

Die Freundinnen waren skeptisch.

Eine von ihnen, die freche Walka Sanina, meinte: »Wo steckst du da deine Nase rein? Mädchen, wo ist er, und wo bist du?«

»Wie meinst du das?«, fragte Vera verständnislos.

»Na, ganz allgemein. Du bist weder Fisch noch Fleisch, hast keinen Pfennig auf der Naht. Und er – er ist einer der besten Partien in Moskau. Weißt du, wer hinter ihm her ist? Die Schachweltmeisterin Saroja. Eine erstklassige Schönheit.«

»Sie spielt schon kein Schach mehr. Das Schachglück hat sie verlassen«, präzisierte Ljubotschka Kuzmina, eine Travestie-Künstlerin, dünn wie ein Junge. »Diese Saroja reist nur noch in der ganzen Welt herum und wirft sich allen an den Hals.«

»Und Vilja?«, fragte Vera.

Die Ex-Schachweltmeisterin interessierte sie nicht.

»Vilja ist ihr von der Schippe gesprungen«, antwortete Ljubotschka. »Er springt immer ab.«

»Na, also«, sagte Vera zu Walka Sanina gewandt. »Und du erzählst …«

Walka zuckte die Achseln, warf ihren Pelzmantel über die Schultern, einen Pelzmantel, der lang und fast quadratisch war wie eine Burka. Sie steuerte mit einem merkwürdigen Gang auf den Ausgang zu. Sie bewegte sich vorwärts, als würde sie mit den Brüsten den Weg frei räumen.

Walka hatte vor kurzem einen reichen Professor geheiratet und fühlte sich als die Siegerin ihres Lebens.

Vera beneidete sie nicht. So einen Professor, glatzköpfig und rundlich, hätte sie nicht geschenkt gewollt. Da war Vilja Kronberg doch was ganz anderes – klug und gut erzogen, er sagte nie ein überflüssiges Wort. Alle Worte waren genau am Platze.

Vilja war wirklich immer korrekt, freundlich, zeigte keinerlei unsittliche Initiative. Diese Initiative ging von Vera aus. Sie führte zu einer unerwünschten Schwangerschaft.

Aber wieso eigentlich unerwünscht? Vera überlegte es sich und beschloss, das Kind zur Welt zu bringen – für sich und für ihn. Für sie beide.

Aber Vilja sagte einen merkwürdigen Satz: »Ach, lass mich doch in Frieden sterben …«

»Wieso? Bist du krank?«, fragte Vera besorgt. »Ich pflege dich wieder gesund.«

Vilja lachte seltsam auf. Er litt an derselben unheilbaren Krankheit, an der auch Nikolaj Ostrowskij gestorben war. Die Ärzte bestätigten, dass diese Krankheit nur die Besten befällt. Also braucht die Natur eine solche Überfülle an Gutem nicht.

Vilja verbarg seine Krankheit sorgfältig. Es war seine persönliche Tragödie, die er mit niemandem teilen wollte.

Abtreibung war damals verboten. Vera gab man die Adresse von einer Tatjana, die alle Probleme in fünf Minuten regeln würde. Da war ein Embryo – und schon war er nicht mehr da.

Vera verabredete sich mit Tatjana am Telefon und ging am bewussten Tag zur genannten Stunde zu ihr.

Sie kam zu früh. Tatjana war noch nicht zu Hause.

Vera setzte sich auf den Treppenabsatz und wartete.

Nach einer halben Stunde kam die mürrische Tatjana und sah nur kurz zu Vera hin.

Vera saß da, gut angezogen und mit getuschten Wimpern. Tatjana erstaunte das immer wieder, dass die Frauen so geschminkt und gut angezogen zu ihr kamen, als gingen sie zu einem Rendezvous und nicht zu einer illegalen Abtreibung.

Vera folgte Tatjana in ihr Zimmer.

Alles ging schnell und geschäftsmäßig vonstatten. Tatjana machte eine Seifenlösung aus einfacher Seife und führte sie in die Höhlung ein, wo der kleine Embryo saß. Im Grunde war es ja noch eine Erbse.

Dann stand Vera auf und fuhr ins Theater. Sie hatte abends eine Aufführung.

Sie spielte eine kleine Nebenrolle im Stück eines modernen Autors. In diesen Jahren erlaubte die Zensur nur den Konflikt zwischen dem Guten und dem noch Besseren. Alles ringsum war gut, aber es konnte noch besser werden. Das war die ganze Handlung.

Während des Stücks bekam Vera Wehen. Ein unerträglicher Schmerz ergriff ihren ganzen Körper. Vera vermochte die Rolle in ihrem Zustand kaum zu spielen. Sie fürchtete, dass ihr die Seifenlauge für alle sichtbar an den Beinen herunterfließen würde.

Nachts kam die Fehlgeburt.

Die Toilette war weit weg von den Kulissen, auf einem anderen Stockwerk. Vera zog ihren Körper die Stufen hoch, wobei sie sich am Geländer festhielt. Etwas fiel klatschend aus ihr heraus. Vera kam es vor, als wäre ihr Herz aus ihr herausgefallen. Sie heulte laut auf, wie ein Hund. Das Heulen widerhallte im weiten Raum. Ringsumher war keine Menschenseele. Vera heulte mutterseelenallein, wie auf dem Mond.

Und Vilja wusste nichts von alledem.

Vera versetzte sich an seine Stelle und wollte seine Ruhe nicht stören. Sollte er in Ruhe sterben, dann, wenn er es wollte. Und unglaublicherweise starb Vilja tatsächlich ein paar Jahre später, ohne Nachkommen zu hinterlassen. Er war so jung und so schön – und starb trotzdem.

Nach der Fehlgeburt wurde Vera nicht mehr schwanger. Aber das war ja auch gut so. Wie hätte sie auch ein Kind zur Welt bringen können, sie hatte keinen Ort zum Wohnen, hatte weder Geld noch Liebe.

Alexander der Zweite

Er hieß Alexander. Zu der Zeit hießen alle Alexander, als gäbe es keine anderen Vornamen.

Alexander war aus einer guten Familie. Seine Mutter war Chorleiterin, Dirigentin eines Kinderchors. Sie war klug und schön und ganz und gar durchdrungen von Klängen.

Der Vater war General in der Reserve, arbeitete im Verkehrsministerium. Er arbeitete nachts, kam erst gegen Morgen nach Hause. Zu der Zeit arbeiteten alle nach dem verrückten Zeitplan Stalins, diesem ›Vater aller Nationen‹.

Die Familie war gut, aber für den Sohn Alexander blieb wenig Zeit. Die Eltern hatten ernsthafte Erwachsenenaufgaben zu erfüllen. Das Kind wuchs auf der Straße auf.

Auf der Straße erhielt Alexander seine Hauptausbildung: Er lernte, was Beziehungen bedeuteten, lernte Rang und Alter zu respektieren. Er lernte Gitarre zu spielen und Trinklieder zu singen. Er lernte sich zu prügeln, in sich die Bereitschaft zum Kampf zu wecken. Stehlen lernte er nicht, er schaffte es nicht. Und er wuchs heran.

Der Vater schlug ihm leicht auf den Rücken: Mach mir bloß keinen Unsinn. Alexander straffte den Rücken, wodurch sich der Hintern anspannte und er den Bauch rausstreckte. Dafür war der Hals lang und gerade wie ein Stiel und der Kopf schaute stolz. Und der Blick veränderte sich.

Alexander sah jetzt aus wie ein Hahn, der seinen Hühnerhof betrachtet. Vielleicht sah er aber auch wie ein junger Adler aus, der von oben über unermessliche Weiten schaut.

Alexander vergötterte seine Eltern. Vor allem seine Mutter. Niemand hatte eine so schöne und so verständnisvolle Mutter.

Eines Tages wurde Alexander krank. Seine Mutter war auf Tournee. Dass ihr Sohn hohes Fieber hatte, erfuhr sie erst abends.

Die Tournee führte gerade durch irgendein Dorf in der Pampa, ›wo nicht mal ein Vogel hinfliegt, kein Tier hinkriecht‹, wie man sagt. Es gab nichts, womit man zum nächsten Bahnhof hätte fahren können. Also ging seine Mutter zu Fuß. Sie marschierte die ganze Nacht hindurch und den ganzen Morgen. Sie gelangte zum nächsten Bahnhof. Dann fuhr sie mit dem Zug. Vierundzwanzig Stunden später tauchte sie zu Hause auf, staubbedeckt, wie ein Soldat, der aus dem Krieg heimkehrt.

Alexander hatte sich die ganze Nacht herumgewälzt, schwamm durch irgendwelche Trugbilder. In einem dieser Fieberträume sah er seine Mutter. Da sagte er nur ein Wort: »Mama ...« Und er schlief sofort ruhig ein.

In diesem Moment begann er, wieder gesund zu werden.

Die Verbindung zwischen Mutter und Sohn war fest und unzertrennlich. Alexander tat alles, was seine Mutter ihm riet, denn sie wusste am besten von allen, was er brauchte.

Die Mutter hieß Margarita, abgekürzt Margo. So war sie für alle Margo und weiter nichts. Der Name passte gut zu ihr. Margo – das hatte etwas Kapriziöses, nicht Greifbares, voller Charme und Macht. Die Königin Margo.

Mit dem Alter wurde sie grauhaarig, aber sie färbte ihr Haar nicht. Wozu auch ... Das Grau stand ihr. Die grauen Haare waren halb und halb mit schwarzen gemischt – Salz und Pfeffer –, das war viel schöner als nur schwarz.

Alexander hatte von seiner Mutter die Augen und Wangen geerbt. Und den unerklärlichen Zauber. Er war nicht schön. Aber er war bezaubernd. Etwas lugte aus ihm hervor, etwas, das es sonst bei keinem anderen gab. Der stolze Blick, der gerade Rücken, die Bereitschaft, sich zu schlagen, und gleichzeitig eine gewisse Schüchternheit. Er hatte etwas von einem Gassenjungen und gleichzeitig etwas Aristokratisches. Und Margo hatte ständig Angst um ihn.

Nach dem Abitur schickte Margo Alexander ins Architektur-Institut. Er zeichnete gut. Aber das Land brauchte keine Architekten. Wieso? Damals blühte der Stalin-Zuckerbäckerstil. Hoch, höher, am höchsten. Und stabile achtstöckige Wohngebäude. Was brauchte man mehr?

Alexander zeichnete monatelang an einem Projekt, und erreichte das Absolute. Dann nahm der Projektleiter den Bleistift und schrieb quer über die Skizzen, wobei er das Papier durchlöcherte, ein paar Worte im Stil von: ›Noch mal machen!‹ Diese Worte sahen aus wie ein Fluch, denn sie erniedrigten und vernichteten eine monatelange Arbeit.

Alexander machte es noch mal und erhielt wieder die Skizze zurück mit einem das Papier durchlöchernden Kommentar quer übers Blatt. So wiederholte sich das einige Male, bis er verstand, dass man seine Skizzen einfach nicht brauchte. Der Leiter des Projekts, Gorschkow, musste den jungen Spezialisten irgendwie beschäftigen, deshalb ließ er Alexander Skizzen machen. Und noch eine Skizze und noch eine. Er ließ ihn mit einem Sieb das Meer auslöffeln, oder ließ ihn tun, was der Held von Márquez tut: Er fängt einen Fisch, und dann setzt er ihn wieder aus. Man musste sein Leben ja mit etwas füllen.

Eines Tages sagte Alexander zu Margo: »Ich will Filmregisseur werden.«

»Um Himmels willen!«, rief Margo. »Was soll denn aus dir für ein Regisseur werden …«

Alexander hörte zum ersten Mal nicht auf Margo und machte die Aufnahmeprüfung.

Zu der Zeit wurden Regie-Kurse eröffnet. Ältere Regisseure saßen in der Aufnahmekommission und wählten Leute für ihre Meisterklassen aus.

Alexander antwortete karg und düster auf die gestellten Fragen. Er genierte sich. Er war sowieso kein Schönredner und hier noch weniger. Er zog sich einfach ganz in sich zurück. Dann händigte man der Kommission die Zeichnungen aus.

Die Regisseure öffneten eine Mappe mit Alexanders Zeichnungen und gaben sie herum. In den Zeichnungen war zweifelsfrei Klugheit, Humor und eine ungewöhnliche, besondere Sicht der Dinge zu beobachten. Der rotblonde, schüchterne junge Kerl war entschieden interessanter, als man gedacht hatte.

Er wurde angenommen. Adieu, Projektleiter Gorschkow. Adieu, ihr Goldfische mit den rubinroten Augen. Hallo, neues Leben, wo jeder Tag anders ist als der vorhergehende.

Von der Architektur blieben ihm ein paar Freunde und Freundinnen und die Geburtstage, die man zusammen feierte.

An einem dieser Geburtstage lernte Alexander zufällig die Tochter eines Ministers kennen, Larisska. Er hatte sich damals die Hand gebrochen und trug sie im Gips vor sich her. So, mit eingegipster Hand, eroberte er Larisska. Da tauchte unerwartet der Minister-Papa auf. Larisska stellte Alexander schnell auf den Balkon, genau wie im Witz. Er stand da und fror unerbittlich.

Ein halbes Jahr später sagte Larisska: »Ich weiß, warum du mich nicht heiraten willst – weil ich Jüdin bin …«

Larisskas Vater war der einzige Jude in den obersten Kreisen. Aber man schätzte ihn nicht deshalb, sondern wegen seines hellen und potenten Gehirns, wegen seines Wissens um die Sache, mit der er befasst war. In den obersten Kreisen gab es so wenig Profis. Die meisten waren Emporkömmlinge, Parteiarbeiter.

Alexander wollte nicht heiraten. Er war zweiundzwanzig, und er wollte Filme drehen und keine Ehebande knüpfen. Denn alle Bande verwandeln sich in Fesseln, und dann muss man durchs Leben springen wie ein an den Hinterbeinen gefesseltes Pferd.

Alexander hatte nicht vor, Larisska einen Antrag zu machen, aber als man ihn herausforderte, gab er schließlich nach. Eine Gassengewohnheit.

Als er Larisskas Vorwurf hörte, ging Alexander zur nächsten Telefonbude und rief nach Hause an.

Margo war am Apparat.

»Mama, ich werde heiraten«, verkündete Alexander.

»Wen denn?«, fragte Margo ganz ruhig.

»Larisska. Ich komme jetzt mit ihr nach Hause.«

Alexander legte auf.

Margo hatte die Fähigkeit, sich in kritischen Momenten gut zu konzentrieren. Sie rief sofort Schura Bogomasow an, einen Jugendfreund von Alexander. Der wohnte im selben Hof.

»Schura, zieh dich schnell an und lauf in unseren Hauseingang«, kommandierte Margo.

»Wozu das denn?«, fragte Schura verschlafen. Es war zwei Uhr nachts.

»Du musst Sascha mit Larisska abfangen, damit sie nicht hier in meiner Wohnung erscheinen. Lad sie zu dir ein, denk dir was aus …«

Margo hatte ihren eigenen Ehrenkodex. Wenn Alexander und Larisska auf ihrer Türschwelle erschienen, musste Margo als Hausherrin sagen: »Herzlich willkommen …« Und damit hätte sie Larisska als Braut akzeptiert, als zukünftige Frau ihres Sohnes. Aber wenn das Treffen nicht zustande kam, dann war Margo frei von jeglichen Verpflichtungen.

Sie wollte diese Ehe nicht. Erstens war Alexander zu jung. Er war ja noch ein Bengel. Und zweitens, wieso ausgerechnet die Tochter eines Ministers? Die konnte doch nicht mal Kartoffeln schälen. Alexander war ein Kind der Straße, ohne Richtung und Steuer, er ertrug keinerlei Begrenzungen. Larisska war eine verwöhnte Egoistin. Da träfe Egoismus auf Egoismus. Alles würde schnell zerbrechen. Besser erst gar nicht damit anfangen.

Schura Bogomasow zog verschlafen Hose und Hemd über, schnürte die Schuhe zu, dann aß er etwas. Und natürlich kam er schließlich zu spät.

Während er seine Schuhe zuschnürte und eine Wurst aß, waren Alexander und Larisska schon im Hauseingang, stiegen in den Aufzug und fuhren in den sechsten Stock hinauf. Und klingelten an der Tür.

Margo öffnete, sah die verschüchterte Larisska und daneben diesen Dummkopf, ihren Sohn. Aber da war nichts mehr zu machen. Das Spiel war aus. Margo zeigte ihr breites liebes Lächeln und sagte: »Herzlich willkommen ...«

Die Ehe hielt zwei Jahre lang. In der Zeit wurde ein Kind geboren, ein kleines Mädchen. Es wurden ungefähr zweitausend Küsse ausgetauscht und um die siebenhundert Skandale vom Zaun gebrochen. Die Ehe platzte aus allen Nähten. Margo behielt recht, wie immer.

Die jungen Leute trennten sich.

Larisska nahm das Kind mit und ging zu ihren Eltern, zu ihrem Minister-Papa und ihrer Minister-Mama. Ihr Leben ging genauso weiter wie vorher, nur dass da zusätzlich ein kleines Mädchen war, das alle bis zur Besinnungslosigkeit liebten. Der Haushalt des Ministers bekam Auftrieb, denn er hatte Lebenssinn und Liebe hinzugewonnen.

Alexander litt. Er trank Wodka mit seinen Mitstudenten, den künftigen Regisseuren. Auch mit Schura Bogomasow. Schura balancierte in dieser Zeit auf dem schmalen Grat zum völligen Alkoholismus.

Margo zerriss es das Herz. Sie konnte das Leid ihres einzigen Sohnes kaum mit ansehen. Der Familienrat beschloss, dem Jungen einen kleinen Moskwitsch zu kaufen. Erstens war es ein Spielzeug, eine Zerstreuung. Zweitens würde er dann weniger trinken. Am Steuer durfte er keinerlei Alkohol intus haben.

Alexander entwöhnte sich von Larisska – aber nicht vom Alkohol. Der Wodka entspannte ihn und machte ihn glücklich.

Sie trafen sich am Büfett des Theaters.

Alexander liebte diese Versammlungen. Es war gut, jung zu sein, zu platzen vor Energie, einen leichten Körper zu haben. Das Leben lag vor einem, den Tod gab es nicht, die Liebe stand vor den Toren. Und die Suche nach der neuen Filmsprache, Gespräche, Diskussionen, Standpunkte, sie redeten sich die Köpfe heiß …

Alexander sagte selbst etwas, hörte den anderen zu, schälte im Wortgefecht die Wahrheit heraus – als er plötzlich ein großes Mädchen mit hoher Stirn erblickte, die Haare glatt nach hinten gekämmt.

Sie setzte sich an den Nachbartisch, nahm vom Plastiktablett ein paar Tellerchen herunter.

»Wer ist das?«, fragte Alexander.

»Wo?«, fragten die Mitstudenten verständnislos.

»Na, die da …« Alexander deutete mit dem Kopf Richtung Nachbartisch.

»Das ist Vera Loschkarjewa. Eine Schauspielerin«, erklärte der Aserbaidschaner Babir.

»Und wieso kennen wir sie nicht?«, fragte Alexander.

»Die kennt niemand«, sagte Babir. »Die hat einfach kein Glück.« Babir hob die Finger in die Luft und machte das Unglückszeichen.

»Die ist ein guter Mensch«, sagte Alexander.

»Woher willst du das wissen?«

»Das sieht man.«

»Gute Mädchen werden nicht geliebt. Man liebt die

schlechten Mädchen«, bemerkte Andrej, ein aufstrebendes Genie.

Alexander saß weiter mit seinen Freunden da, aber sein Blick wanderte immer wieder zu Vera. Wie sie mit schlanken Fingern den Teller verschob, wie sie zu essen begann, den Kopf tief gesenkt, wie eine Katze. Sie war rührend. Sie war lieb.

Sie schob eine rotblonde Strähne hinters Ohr, saß auf der Stuhlkante, als fürchte sie, dass man sie jeden Moment wegjagen würde. Das war nun wirklich keine Minister-Tochter.

»Lade sie zu uns ein«, schlug Alexander vor.

Babir erhob sich und ging zu Vera. Er bat sie an ihren Tisch.

Vera antwortete etwas.

Babir kam zurück und sagte: »Sie will nicht.«

»Dann bitte sie anständig, wie es sich gehört …«

»Nö, die kommt nicht.«

»Wieso?«

»Das sieht man, ob eine sich bloß ziert oder wirklich nicht will.«

Alexander betrank sich. Die Freunde brachten ihn im Taxi nach Hause.

Die schlanke junge Frau ging ihm nicht aus dem Kopf, so einsam und stolz, so rührend, wie eine Katze, die man streicheln will. In seiner betrunkenen Phantasie umarmte er sie, und sie lag fügsam in seinen Armen. Sie war so begehrenswert, so still und ganz die Seine.

Am nächsten Morgen stellte sich Alexander unter die Wechseldusche, wusch sich den Rest des Rausches ab und fuhr zum Theater. Dort hatte er am Vortag sein Auto stehenlassen.

Das Auto stand noch an derselben Stelle, wie ein großer Schneehaufen. Es hatte die ganze Nacht geschneit. Es herrschte Tiefdruck. Daher wohl auch die aufregenden Träume.

Alexander ging hoch zum Büfett, um einen Kaffee zu trinken. Und wieder sah er Vera. Er wunderte sich nicht darüber. Er hatte sie unbewusst gesucht und gefunden.

Alexander ging zu ihr und sagte: »Guten Tag …«

»Guten Tag«, antwortete Vera. »Kennen wir uns etwa?«

Alexander hatte sie die ganze Nacht lang im Arm gehalten. Sie kannten sich nicht nur, sie waren sich nahe.

»Darf ich mich zu Ihnen setzen?«, fragte Alexander.

»Ich muss auf die Bühne«, sagte Vera. »Wir haben Probe.«

Sie stand auf und ging.

Alexander trank seinen Kaffee aus. Er saß noch ein bisschen da, dann ging er in den Saal.

Er sah zu, wie Vera probte.

Es gibt Schauspieler, die sind Charakterdarsteller. Sie können jeden beliebigen Charakter und jede beliebige Person darstellen. Sie verwandeln sich buchstäblich in die andere Person. Aber Vera Loschkarjewa spielte einfach sich selbst. Ganz, rein, eine klare Persönlichkeit.

Eine Persönlichkeit zu spielen ist unmöglich. Persönlichkeit ist wie der Duft einer Blume. Entweder er ist da oder nicht.

›Ich werde mit ihr einen Film drehen‹, dachte Alexander.

Vera sah von der Bühne, dass Alexander in der Mitte des Saales saß und ihr zusah. Das war ihr angenehm, sogar sehr.

Es war schön, nicht einfach so zu spielen, sondern für jemanden, dem es nicht gleichgültig war.

Vera bemerkte, dass der Mann noch jung war, vermutlich zehn Jahre jünger als sie, wenn nicht sogar mehr. Sie selbst stand in der vollen Blüte der Jugend. Und Alexander stand in der Anfangsphase der Jugend. Aber so oder so – sie waren beide jung, voller Hoffnungen und kühner Pläne.

Sie probten Čechovs *Drei Schwestern*. Vera spielte die Ältere, Olga. Die grauen Haare hochgesteckt, ein langes graues Kleid – sie war ganz grau durch das Fehlen jeglicher Liebe.

Die jüngere Schwester Irina wird von Tusenbach geliebt. Mascha wird von Verschinin geliebt. Aber Olga liebt keiner. Und sie erwartet es auch gar nicht. Sie begehrt nicht dagegen auf.

›Du meine Liebe‹, dachte Alexander. ›Warte ein Weilchen, ich werde Regisseur, und dann mache ich Filme mit dir …‹

Vera forderte nichts. Sie verstand es nicht zu fordern, und deshalb wollte sie nur alles geben.

Es wurde Sommer.

Alexander besuchte Vera ab und zu in ihrem Untermiete-Zimmer außerhalb der Stadt. Sie machten ein kleines Picknick: Kartoffeln, Würstchen, Wodka. Und zum Abschluss – die Gitarre. Alexander hatte das Gitarrespielen auf der Straße, von den Kindern im Hof gelernt. Er begleitete – ziemlich gut sogar – und Vera sang, wie eine echte Sängerin. Sie hatte eine hübsche, eine natürlich schöne Stimme. Und wenn seine Seele übervoll war, dann sang Alexander die zweite Stimme dazu.

Dann gingen sie ins Haus und sangen im Zimmer weiter.

Sie konnten nicht aufhören. Unter dem Fenster blieben die Passanten stehen. Sie standen da und hörten zu: eine Frau mit Kind, eine ältere Frau mit Einkaufstasche, eine junger Mann mit seinem Mädchen. Immer mehr Zuhörer blieben stehen.

Vera sang, inspiriert durch die Aufmerksamkeit. Sie war nun mal Schauspielerin … Und eine Schauspielerin braucht ein Publikum und Verehrung.

Abends, wenn sie genug getrunken und genug gesungen hatten, legten sie sich zusammen schlafen.

Vera umarmte ihren jungen Mann wie einen Sohn, der beschützt werden muss, und wie einen Ehemann, der sie beschützt. Und wie einen Liebhaber mit seidigem Körper, langem Atem und männlicher Kraft.

Vera betrachtete ihn gern.

Ein großer Mond hing im Fenster, der schlafende Alexander lag neben ihr. Er schlief in der Pose eines Sprinters: ein Bein angewinkelt, das andere gestreckt. Wohin läufst du, mein lieber Junge …

Vera kamen die Tränen. Sie wusste, dass diese Liebe keine Zukunft hatte. Wie auch? Der Altersunterschied betrug zehn Jahre. Und man konnte ihn sehen.

Alexander sah mit seinen fünfundzwanzig Jahren wie fünfzehn aus. Und Vera sah ihrem Alter entsprechend aus. Zusammen sahen sie wie Tante und Neffe aus. Vera war auch einen halben Kopf größer und wirkte irgendwie bestimmter.

Die Leitung des Theaters gründete eine Baugenossenschaft.

Alexander sagte zu Vera: »Ich gebe dir das Geld für die

Hälfte der Wohnung. Und den Rest musst du irgendwie selbst auftreiben.«

Die Hälfte der Summe, das war besser als nichts. Und die zweite Hälfte pumpte sich Vera bei allen, die nur irgendetwas geben konnten, zusammen.

Das Geld kam tropfenweise zusammen, aber am Schluss hatte sie es geschafft. Schließlich kann ein Mensch nicht ewig in den Kulissen leben. Dafür hatten alle Verständnis.

Die Wohngenossenschaft baute an einem schönen Ort. Nahe dem Stadtzentrum und nahe beim Markt. Vera bekam ihre eigene Wohnung. Ihren Platz zum Leben. Zum ersten Mal in ihrem Leben, wenn man die Kindheit und frühe Jugend nicht einrechnete.

Sie kaufte sich ein tschechisches Sofa, das man nachts ausziehen und in ein breites Bett verwandeln konnte. Und morgens schob man es wieder zusammen, und es war ein bequemes Sofa. Dazu gehörte eine hohe Kiste für die Bettwäsche. Dorthinein passte das Kopfkissen, die Decke, und man selbst hätte auch noch hineinsteigen können.

Wer hatte schon so viel Luxus und Schönheit? Vielleicht hatten andere noch mehr, ein eigenes Schlafzimmer, ein eigenes Gästezimmer plus Arbeitszimmer. Aber Vera war auch so froh. Glücklich ist nicht der, der viel hat, sondern der, dem genügt, was er hat.

Und Vera genügte es vollauf. Die Küche war neun Quadratmeter groß, und das Zimmer achtzehn. Was brauchte sie mehr …

Alexander beendete seine Regieausbildung und durfte seinen ersten Film drehen.

Er bot Vera die Hauptrolle an, machte Probeaufnahmen.

Vera sah einfach nicht nach Filmheldin aus. Es fehlte ihr an Glamour und Selbstsicherheit. Es fehlte ihr an Schönheit und Besessenheit. Und auch an Jugend. Man hatte ihr bisher nur Nebenrollen gegeben. Aber auch das war ja ein Glück. Auch wenn Vera fast nicht vorkam. Man überging sie mit der Aufmerksamkeit. Man bemerkte sie einfach nicht. Ob sie da war oder nicht, das änderte wenig.

Und dann plötzlich der Durchbruch: ein junger Regisseur, ein modernes Drehbuch, und sie erhielt eine vollwertige Rolle. Und die Liebe als Zugabe, und sogar eine eigene Wohnung. In dieser Wohnung wurde abends oft gefeiert. Freunde kamen, meistens Freunde von Alexander: Architekten, Regie-Anfänger, Schauspielerinnen, Freundinnen der Regisseure. Sie tranken und sangen. Es war lustig. Eines Abends drehten sie das Aquarium um. Die Fische flutschten auf den Boden. Vera sauste in die Küche, holte einen Topf mit Wasser und sammelte die Fische vom Boden auf, damit sie schnell wieder ins Wasser kamen.

Alexander sah das, und ihm kamen die Tränen. Vera erschien ihm als ein Ideal an Menschlichkeit. Sie verstand es, sich in jedes Lebewesen einzufühlen, sogar in Blumen oder stumme Fische und sogar Fliegen. Nicht mal die tötete sie, sondern jagte sie nur aus dem Fenster.

Als bei Vera eine Maus auftauchte, fütterte Vera sie. Sie stellte ihr in einem Schüsselchen Brot hin, das mit Sonnenblumenöl getränkt war. An Vera war einfach überhaupt nichts Raubtierhaftes, Selbstverliebtes, was den jungen Schauspielerinnen sonst so eigen war. Sie lebte einfach vor sich hin, so wie das Wasser in einem Fluss dahinfließt. Sie forderte nichts für sich. Wenn man ihr etwas gab, war es gut. Wenn jemand sie beleidigte, hielt sie nicht dagegen, nur ihr Gesicht wurde länger, wie bei einer Ziege.

Alexander bemerkte all das, und er schätzte es. Ihre Beziehung war für ihn eine tiefe Freundschaft inklusive Bett. Und er wollte kein anderes Bett. Er hatte sich noch nie und mit niemandem als so vollwertiger Mensch gefühlt.

Und außerdem wusste er: Vera war ihm ergeben wie eine Mutter. Er konnte ihr alles erzählen, einfach alles, sogar die Dinge, die einem vor sich selbst peinlich sind. Vera hörte zu und nahm die Probleme weg, wie man die Haut von der Oberfläche der Milch nimmt.

Eines Tages sah Margo Vera in einem Stück.

»Das ist Alexanders Affäre«, flüsterte Elvira, Margos Freundin.

»Wer?«, fragte Margo ungläubig. »Die Loschkarjewa?«

»Ja, ja … Stell dir vor …«

Margo ging nach Hause und fragte ihren Sohn in vorwurfsvollem Ton: »Was höre ich da, du liebst die Loschkarjewa?«

»Ich liebe sie nicht«, antwortete Alexander. »Aber wir verstehen uns sehr, sehr gut.«

»A-ha«, sagte Margo gedehnt.

Sie begriff: Alexander wollte keine neue Familie gründen. Und mit wem er schlief, das ging sie nichts an. Ein junger Mann muss ja schließlich mit jemandem schlafen. Wieso dann nicht mit Vera …

Der erste Film ging quälend langsam voran, aber irgendwann war er endlich fertig. Man schickte ihn zu einem Filmfestival in ein demokratisches Land, und der Film gewann überraschenderweise den ersten Preis.

Nach dem ersten Preis wurden plötzlich alle auf den Film und den jungen Regisseur aufmerksam. So war das damals bei uns: Zuerst musste man im Ausland gefallen, und dann schaute man sich das auch bei uns an.

Zu Vera kam der Ruhm lange nicht. Die Leute erkannten sie nicht auf der Straße. In den Geschäften stand sie brav Schlange wie alle anderen. Man ließ sie nicht vor, wie man das bei anderen Schauspielerinnen tat. Man sah sie vielleicht kurz an, irgendwie kam sie einem bekannt vor, man hatte sie schon mal irgendwo gesehen, aber wo – na, egal …

Zu anderen kam der Ruhm mit einem Schlag, sie wurden über Nacht bekannt. Nicht so bei Vera, obwohl sie schon fast vierzig war. Doch dafür kam etwas viel Wichtigeres als Berühmtheit zu ihr: Vera wurde nochmals schwanger.

Sie hatte schon gedacht, dass ihr das nie wieder passieren würde. Sie würde ihr Leben leben, wie eine unfruchtbare Kuh, würde die Freuden der Mutterschaft nie kennenlernen. Und sie hatte an ihrer Unfruchtbarkeit schon die positiven Seiten schätzen gelernt, in der Art von: Na gut, wozu die Armut weitergeben, ein vaterloses Kind aufziehen … Aber als sie die ersten Anzeichen der Schwangerschaft spürte, erstarrte sie vor glücklicher Hoffnung. Sie hatte Angst, es jemandem zu sagen, damit nur ja kein böser Blick sie träfe.

Der Bezirksarzt bestätigte die Schwangerschaft. Vera trug ihren Bauch wie einen Schatz vor sich her, der unbezahlbar war.

Alexander sagte sie es lange nicht, sie war einfach zu

abergläubisch. Aber sie trank nicht mehr mit ihm. Und sie schlief auch nicht mehr mit ihm.

»Ich darf nicht«, sagte sie eines Tages zu ihm.

»Wieso?«, fragte Alexander verständnislos.

»Ich kriege ein Kind.«

»Von wem?«

»Von dir natürlich, von wem denn sonst …«

»Wie das denn?«

»Na, wie bei allen.«

»Aber ich heirate dich nicht«, sagte Alexander verstört.

»Brauchst du auch nicht«, gestattete ihm Vera. »Ich bringe das Kind für mich selbst zur Welt.«

»Aber es wäre gut, sich mit mir zu beraten.«

»Mein Bauch gehört mir. Das Kind gehört mir. Was soll ich mich da mit dir beraten?«

Sie hatte sich schon einmal mit einem Mann über ein zukünftiges Kind beraten.

Alexander traf die Neuigkeit wie ein Keulenschlag. Irgendwo würde sein uneheliches Kind herumspringen … Und Vera heiraten, das wäre wie eine Verwandte zu heiraten. Oder die Olga aus *Drei Schwestern*. Alexander wollte eine junge, moderne Frau heiraten, um die er sich bemühen müsste, wegen der er tierisch eifersüchtig wäre, die er verlieren und wiederfinden würde, wegen der er ständig kämpfen müsste und sich anstrengen. Vera war wie eine Kopfschmerztablette, die man ihm auf der ausgestreckten Hand reichte. Man nahm sie und trank einen Schluck abgekochtes Wasser dazu, und der Kopfschmerz war weg.

Alexander betrank sich immer häufiger. Er verfiel in düstere Perioden. In seinem Gehirn ging etwas kaputt: entweder die Chemie oder irgendwelche Nervenbahnen. Irgendetwas schmorte durch, verglühte. Sein Gesicht veränderte sich auch, es blieb unklar, wohin das führen würde. Der Blick suchte angestrengt nach irgendetwas. Er konnte plötzlich in Schluchzen ausbrechen, und tat es öfters.

Vera ertrug dies alles geduldig. Sie tröstete ihn, so gut sie konnte.

»Ach, lass schon gut sein«, sagte sie. »Der Iwanow, der hat drei uneheliche Kinder. Na, und? Ist doch gut. Und Iwanow ist nun wirklich ein Idiot, den sollte man besser kastrieren. Aber du … du bist so ein Schöner, so ein Begabter, du musst dich fortpflanzen …«

Alexander hörte ihr zu, und ihm wurde für eine gewisse Zeit leichter ums Herz. Und wirklich: Iwanow hatte drei uneheliche Kinder und Seliwerstow sogar sechs, mit fünf verschiedenen Frauen. Seliwerstow hatte sogar schon aufgehört zu zählen.

Und dennoch hatte er nicht von so einem Leben geträumt. Er träumte von einer schönen, reinen, vereinten Familie. Ein uneheliches Kind war wie ein missglückter Gedanke. Die Hauptlinie seines Lebens war verpfuscht. Er hatte ja schon ein Kind mit seiner ersten Frau, es sprach die ersten Worte und tat die ersten Schritte – und das alles ohne ihn. Und jetzt noch ein zweites. Es war eine Katastrophe.

Margo und ihr Mann Aleksej Iwanowitsch führten ziemlich getrennte Leben, wie Fisch und Vogel. Die eine lebt im Wasser, der andere in den Wolken. Es gab keine Leidenschaft zwischen ihnen, es gab keine puritanische Treue, aber da war etwas Wesentlicheres, etwas, das sie vereinte wie ein Himmelsgewölbe, das sich über die Erde spannt, so wie man es auf alten Bildern manchmal sieht.

Es war etwas Großes – die Familie. Alexander erinnerte sich, wie sie in seiner Kindheit alle um den Tisch gesessen und über seine Mandelentzündung beratschlagt hatten.

Alexander war oft an Angina erkrankt. Es hätte Probleme mit dem Herzen geben können. Einige Ärzte hatten empfohlen, die Mandeln zu entfernen, andere rieten davon ab. Die Mandeln, das ist ein Filtersystem. Die Natur ist ein genialer Konstrukteur und tut nichts umsonst. Wenn man die Mandeln entfernte, entfernte man einen Filter.

Der Vater war gegen die Operation, Margo dafür.

Alexander wurde operiert. Noch bis ins Erwachsenenalter erinnerte er sich an diesen Alptraum.

Doch während er bei der Operation litt, und nach der Operation genauso, war ihm bewusst, dass dieses Leiden, wie eine vibrierende Saite, das Herz seiner Mutter und seines Vaters erreichte. Und ihre entsprechende Saite vibrierte mit derselben Frequenz. Die gemeinsame Vibration – das war es, was eine Familie ausmachte.

Der Sommer war heiß. Vom Asphalt stiegen giftige Dämpfe auf. Vera bat Alexander, mit ihr aufs Land zu fahren. Sie wollte frische Kiefernluft einatmen.

Alexander war einverstanden.

Sie fuhren die Kiewer Landstraße hinaus, einfach der Nase nach. An einem schönen Flecken hielten sie an.

»Ich habe Hunger«, sagte Vera.

Alexander ging in einen Dorfladen und kaufte ein einfaches Mahl: Brot, Wurst und Milch.

Sie legten das Essen auf einen Baumstumpf und setzten sich auf einen umgestürzten Baum daneben. Sie aßen ohne Eile.

Das Essen schmeckte wunderbar, denn die Lebensmittel waren ganz frisch. Die Vögel zwitscherten. Vera war in ihre eigenen Gedanken versunken. Die Haare fielen ihr offen über die Schultern. Sie waren dünn und fein, flogen beim geringsten Luftzug auf.

Allmählich verlor Vera ihre stilvolle Magerkeit. Die Taille ging leicht auseinander. Man sah langsam, dass sie schwanger war. Sie war weicher, rundlicher geworden, hatte im Blick die Ruhe einer Kuh.

Alexander erhob sich vom Baumstamm. Er begann auf und ab zu gehen. Vera betrachtete seine Kopfform, seinen geraden Rücken und seinen Gang und dachte: ›Er wird einen kleinen Sohn bekommen, der die gleiche Figur haben wird, die gleichen Honigaugen.‹

»Treib es ab«, bat Alexander.

»Wie kommst du denn darauf … In drei Monaten ist der Geburtstermin. Es lebt ja schon.«

»Es gibt Frühgeburten«, insistierte Alexander.

Vera schwieg. Dann fragte sie: »Wovor hast du Angst? Ich brauche kein Geld. Ich bringe es allein durch.«

»Ich will nicht, dass meine Kinder unehelich aufwachsen.«

»Ich bin bald vierzig, es ist meine letzte Chance, ein Kind zu kriegen. Ansonsten bleibe ich ohne Kinder, wie eine unbefruchtete Gurkenblüte.«

»Krieg von jemand anderem ein Kind.«

»Ich habe aber keinen anderen. Ich liebe dich. Ich will dein Kind.«

»Du bist taub«, sagte Alexander.

»Nein, du bist taub. Das Kind bewegt sich bereits, es strampelt. Ich liebe es schon.«

»Wenn du nicht abtreibst, dann renne ich jetzt los und schlage mir den Schädel ein. Da vorne an der Kiefer.«

Alexander zeigte auf einen mächtigen Baum mit rosabraunem Stamm.

»Es ist dein Kopf. Mach, was du willst«, antwortete Vera und wandte sich um.

Alexander stand da und lauschte in sich hinein. Dann riss er sich plötzlich vom Fleck, rannte los und prallte mit dem ganzen Körper gegen den Kiefernstamm, samt Kopf und Gesicht.

Er schlug die Augen in einem Dorfkrankenhaus wieder auf.

Man hörte das Motorendröhnen von startenden Flugzeugen. Nebenan musste ein Flugplatz sein.

Vera saß mit bekümmertem Ziegengesicht an seinem Bett und hielt seine Hand. Vera litt.

Alexander schämte sich: Wie konnte er nur die schwangere Vera so quälen, noch dazu schwanger mit seinem Kind. Er quälte sie beide. Er war wirklich ein Schuft.

Alexander verzog leidend die Stirn. Alles tat weh: die Seite, das Gesicht, der Hinterkopf. Ihm war schlecht, und die Brechkrämpfe taten ebenfalls weh.

Vera flößte ihm Mineralwasser aus einem Glas ein, wischte ihm mit Watte die Stirn ab. Sie tat alles, um sein Leiden zu lindern, aber dabei war sie undurchdringlich wie ein Fels.

Alexander hätte sich den Kopf an einer Wand einschlagen

können, sich erschießen oder erhängen. Vera hätte es nicht berührt. Sie würde alles genau so machen, wie sie es sich vorgenommen hatte. Alexander fühlte sich wie ein Kaninchen, das von einem Krokodil gefressen wird, das dabei weint. Krokodilstränen. Alexander kam sich benutzt vor, wie ein Kaninchen. Und aus dem Inneren seiner Seele erhob sich Protest wie ein Brechreiz.

Vera hatte eine schwere Geburt. Die Ärzte nannten sie eine ›ältere Erstgebärende‹. Alle hatten es schwer: Vera, die Ärzte und das Kind. Man musste die Geburtszange zu Hilfe nehmen. Die Geburtszange sah aus wie ein Folterinstrument der Inquisition.

Das Kind war ein Junge.

Vera sah ihn an und verliebte sich sofort. Und sie schluchzte vor Entsetzen bei dem Gedanken, dass es dieses Kind nicht hätte geben können. Wenn Alexander sie tatsächlich überredet hätte … Sie weinte bei dem Gedanken, dass man das Kind nicht wollte, und dieses Thema besprach sie immer wieder, wenn auch nur mit sich selbst.

Vera betrachtete ihr Neugeborenes. Er zog plötzlich die Stirn kraus und nieste. Wie ein richtiger Mensch. Er war ja auch ein richtiger Mensch, nur noch ganz klein, ganz am Anfang seines Lebens.

»Was für ein Glück …«, sagte Vera leise.

Der Junge hörte es nicht. Er schlief. Er sammelte all seine Kräfte.

Alexander befand sich während dieser Zeit hoch im Norden. Er drehte einen Film über Polarforscher.

Es gab dort nur zwei Arten von Wetter: kalt oder sehr kalt. Sie wärmten sich mit verdünntem Spiritus.

Alexander verwandelte sich mehr und mehr in einen stark trinkenden Workaholic. Er konnte nur trinken und arbeiten. Leben konnte er nicht. Oder besser gesagt: Das war eben sein Leben, angespannte Arbeit und zur Entspannung ein Besäufnis. Wenn er sich betrank, entspannte er und erholte sich.

In seiner Gruppe war Alexander beliebt. Vor allem für das Resultat seiner Arbeit. Jeder wusste: Wie schwierig auch alles war, es würde mit einem Triumph enden. Und das war das Wichtigste. Man hatte sie für eine gute Sache angeheuert, und die Leute gingen hin, wie zu einer Heldentat.

Die Frauen in der Gruppe liebten Alexander zusätzlich dafür, dass er jung und unverheiratet war. Er war also ein Mann mit Perspektive.

Die Frauen sind von Natur aus für die Liebe und die Familie geschaffen. Geschaffen, aber nicht bestimmt.

Alexander hatte zeitweise heiße Affären, aber er war nicht ganz bei der Sache. Er schlief mit einer, und am nächsten Morgen wusste er ihren Namen schon nicht mehr.

Nichts konnte ihn von der Arbeit ablenken. Das Wichtigste war der Film. Und er war der Regisseur, der Gebieter mit dem Zepter oder der Sklave im Staub.

Nichts war wichtiger als der Film.

Margo wusste, dass Vera Loschkarjewa einen Jungen geboren hatte. In der Filmwelt verbreiten sich alle Neuigkeiten im Nu.

Margo litt unter der ganzen Sache. Einerseits war die Beziehung zwischen Vera und Alexander eine komplette Mesalliance. Als ob ein junger Baron ein Mädchen von der Straße geheiratet hätte. Aber andererseits war ihr ein Enkel geboren worden, ihr eigen Fleisch und Blut, ein neues Leben, eine Fortführung ihres Familiengeschlechts.

Fremde Menschen holten Vera aus der Geburtsklinik ab. Natürlich nicht ganz fremde, sondern Freundinnen und Nachbarn. Sie brachten eine Steppdecke – nicht die, mit der sich Vera damals in den Kulissen zugedeckt hatte. Sie kauften eine ganz neue und einen dunkelblauen, geblümten Bezug dafür. Trotzdem war das natürlich kein großer Luxus. Das Kind verlor sich fast, es versank buchstäblich in den dicken Schichten der Decke. Nur sein rosa Gesichtchen, klein wie eine Faust, schaute aus der Tiefe des Deckenbündels hervor.

Vera hätte natürlich gern Alexander unter den sie abholenden Menschen gesehen. Aber sie rief ihn nicht zu sich. Sie wollte ihn nicht von seinen Aufnahmen ablenken. Wozu einen Menschen zu etwas zwingen, was er nicht selbst will?

Natürlich wäre es schön gewesen, sie zusammen zu haben: Vater und Sohn, aber unter den gegebenen Umständen war es besser so, als gar nichts zu haben. Es hätte auch gar niemand da sein können. Und nun hatte sie einen Sohn, und das war für immer. Für ihr ganzes Leben. Lebwohl Einsamkeit und Verwaistheit. Sie hatte einen Sohn, eine Wohnung und einen Beruf.

Dank wem? Dank Alexander.

Alexander hatte ihr einen Sohn geschenkt. Vera war ja lange nicht schwanger geworden, und nur die aktiven, jungen, hormongesättigten Spermien von Alexander hatten alle Hindernisse überwunden und das Ziel erreicht.

Die Wohnung hatte sie auch nur mit Alexanders Hilfe kaufen können. Wenn sein Geld nicht gewesen wäre, hätte sich Vera niemals diese astronomische Summe zusammenpumpen können.

Und auch beruflich hatte er sie weitergebracht. Jetzt spielte Vera richtige Nebenrollen. Sie hatte ihren Typ ausgebaut, und auch andere Regisseure hatten sie inzwischen engagiert. Vera war die Erste unter den Zweiten.

Wem sollte sie danken, wenn nicht Alexander. Und dass er nicht heiraten wollte, das konnte sie verstehen. Sie passten altersmäßig nicht zusammen. Zehn Jahre sind ein Riesenunterschied. In zehn Jahren wäre bei ihr Sonnenuntergang. Und bei ihm war immer noch Sonnenaufgang.

Vera konnte alles verstehen und war nicht böse. In ihr gab es einfach keine Bosheit. Sie nahm alles als etwas Gutes an. Als Gottes Wille.

Nach dem Weg des Lebens über den Ladoschsker See, nach dem Lastwagen, der in der Kolonne übers Eis kroch, über ihr die deutschen Flugzeuge, links und rechts Einschläge, Wasserfontänen und Lastwagen, die unters Eis sanken mitsamt den lebendigen, warmen Menschen – danach war alles, was ihr das Leben jetzt anbot, einfach nur gut, ja sogar wunderbar.

Sie nannte den Jungen Iwan, zur Ehre von Iwan Bogoslow.

Der Name passte zu ihm. Iwan, Iwanuschka – genau das war er. Große dunkelblaue Augen, platinblonde Haare. Er sah aus wie ein Hirtenjunge.

›Er ist einer von unserer Familie, ein Iwanow‹, dachte Vera. Sie wusch ihn, badete ihn, stillte ihn und ging mit ihm spazieren, alles regelmäßig wie ein Uhrwerk. Und sie wurde nicht müde. Gott gab ihr Kraft.

Vera war bereit, jede beliebige Last zu tragen, denn sie erfüllte die Aufgabe ihres Lebens.

»Was für ein Glück!«, sagte sie oft leidenschaftlich, wenn sie ihr Gesicht an dem warmen kleinen Körper barg. »Was für ein Glück ...«

Der Junge schaute ganz ernsthaft drein, als verstünde er alles. Und das erste Wort, das er sagte, war: »Gük« – er versuchte das Wort Glück nachzusprechen.

Schwer zu sagen, wie Säuglinge ihre Mutter sehen. Vielleicht kam Veras Gesicht dem kleinen Iwanuschka wie eine Sonne vor, von der Wärme und Licht ausging, und überhaupt das Leben.

Das Söhnchen hatte wunderbare Händchen mit langen Fingern und ovalen Nägeln, er hatte säuberlich geformte Öhrchen und lange Wimpern. Er war einfach perfekt. Die Vollkommenheit selbst.

Wenn Alexander zurückkam, würde er sich in seinen Sohn verlieben. So dachte jedenfalls Vera.

Und selbst wenn er sie nicht heiratete, so würde er doch zu ihr und dem Kind kommen wie zu sich nach Hause. Und Vera würde mit Iwanuschka auf ihn warten und ihm zeigen, was das Kind alles Neues gelernt hatte. Und selbst wenn Alexander plötzlich eine seiner Freundinnen heiraten würde, so käme er doch immer zu Vera, um seinen Sohn zu besuchen. Blut war schließlich dicker als Wasser.

Vera erwartete nichts Besonderes und rechnete mit nichts.

Die Mutterschaft füllte sie ganz aus, neben dem Mutterglück kam ihr alles andere blödsinnig vor – die Filmrollen, ihr Status in der Gesellschaft, der ganze Klatsch, wer was über wen sagte …

Es kamen Freundinnen zu Besuch. Insgeheim bemitleideten sie Vera: eine alleinerziehende Mutter ohne Perspektive, je eine richtige Familie zu bekommen.

Aber Vera bemitleidete insgeheim die Freundinnen: Sie rannten herum, mit Riesengetue, hoben die Röcke und umarmten fremde, stinkende Männer. War es da nicht viel besser, einen warmen, lebendigen Engel an die Brust zu drücken und sein nasses Schnütchen zu küssen … War es nicht viel besser, etwas Eigenes aufzuziehen?

Dann gingen die Freundinnen wieder. Vera stellte eine Quarzlampe auf, um den Raum zu reinigen und die Mikroben abzutöten. Sie öffnete das Fenster, um frische Luft hereinzulassen. Für sie waren die Menschen nur Keimträger. Ihr Kind war noch klein und zart. Und wer, wenn nicht sie, sollte es denn schützen und verteidigen.

Eines Tages, als Walka Sanina gerade gegangen war, begann Iwanuschka zu keuchen. ›Sie hat ihn mit dem bösen Blick belegt‹, dachte Vera erschrocken. Sofort las sie einen Spruch gegen den bösen Blick vor. Aber nichts half.

Das Kind wurde blau, durch seinen winzigen Mund sog es möglichst viel Luft ein. Es war unmöglich, das mit anzusehen. Es kam Vera vor, als würde sie das Kind selbst ersticken.

Vera sauste los, sie rief die Ambulanz. Die Ambulanz fuhr das Kind in die Morozow-Kinderklinik.

Man ließ Vera bei dem Kind schlafen. Anders wäre es auch nicht gegangen. Vera wäre so oder so zu ihrem Kind gelangt, wenn es hätte sein müssen, sogar über die Außenmauer wie ein Bergsteiger. Oder durch den Kamin, oder mit einem Propeller, wie *Karlsson auf dem Dach*.

Man gab den beiden ein Einzelzimmer.

Der Junge hatte Pseudokrupp. Die Ärzte erklärten, dass das eine allergische Reaktion sei. Auf was? Wahrscheinlich auf Walka Sanina. Walka trug eine große Perücke auf dem Kopf und einen schwarzen Fuchspelz um die Schultern. Der war offenbar voller Staub und Mikroben.

Iwanuschka bekam eine Spritze. Der Anfall ging vorbei. Aber man behielt das Kind noch ein paar Tage im Krankenhaus. Zur Sicherheit.

Doch von Walka Sanina ging nicht nur Schaden aus, sondern auch Nutzen. Sie rief Margo an und sagte, dass man Vera Loschkarjewa samt dem Kind ins Krankenhaus geschafft habe und dass man nicht wisse …

Margo spürte ihr Herz plötzlich wie wild im Brustkorb schlagen. Alexander war immer noch bei Filmaufnahmen. Er konnte nicht kommen. Na und was hätte er auch tun können? Er hätte sich doch nur besoffen, und das wäre es dann gewesen.

Alexander war in den praktischen Dingen des Lebens eine Null. Margo dagegen – das war doch was ganz anderes. Sie war imstande, einen Krieg zwischen zwei Staaten vom Zaun zu brechen, oder ihn zu beenden. Und wenn es gar um den eigenen Enkel ging …

Margo fuhr zum Morozow-Krankenhaus, stellte es auf den Kopf, schüchterte den Oberarzt ein, obwohl der an gar nichts schuld war.

Der Oberarzt begleitete Margo persönlich. Er ging neben ihr her, neben dieser reifen Schönheit, und es gefiel ihm, sich ihr unterzuordnen.

Margo trat in das winzige Zimmer und sah diesen Säugling, der ihr Enkel war. Er war die genaue Kopie ihres Ehemannes, Alexej Iwanowitsch. Der fast kahle Kopf, die nach unten gezogenen Brauen, die nach oben gebogene Nase.

Der Anfang des Lebens und das Ende waren identisch. Die Natur beschrieb einen Kreis. Deshalb waren sich Säuglinge und alte Männer ähnlich: Sie waren beide praktisch kahl und schliefen viel.

Margo betrachtete ihren Enkel, und ihr Herz schmolz dahin vor Mitleid und Zärtlichkeit.

»Ich nehme euch mit zu mir«, sagte sie zu Vera.

Vera flüsterte etwas: entweder eine Frage oder eine Entgegnung. Aber Margo wollte gar nicht zuhören. Sie konnte doch das Kind nicht bei diesem erschöpften Muttertier Vera lassen. Ein Kind, das war eine zu ernste Angelegenheit und ein zu großer Schatz, als dass man ein Risiko eingehen durfte.

Vera zog mit Iwanuschka zu Alexanders Familie. Er selbst war immer noch weg. Man hatte ihn nicht gefragt. Wozu auch? Margo hatte bereits alles ohne ihn entschieden.

Alexanders ganzes Glück war der Film. Aber der Film – das sind bloß Luftschlösser. Und ein Kind, das ist eine Realität, mit Armen und Beinen, mit einem hungrigen Mündchen und sogar mit vollen Windeln.

Vera und Iwanuschka lebten sich bei Margo ein. Die Generalswohnung hatte vier Zimmer, eine Küche von dreißig

Quadratmetern und einen langen Flur, so lang, dass man darin hätte Fahrrad fahren können.

Vera beschäftigte sich eine ganze Woche lang mit Hausputz. Dann schien die Sonne durch die großen Fenster. Aber die größte Sonne war Iwanuschka.

Alexej Iwanowitsch kam plötzlich eiligst von der Arbeit heim, damit er noch den Enkel spazieren fahren konnte. Man hatte ihm diesen Posten anvertraut.

Margo erwachte morgens mit guter Laune. Es war wie in ihrer Jugend. Im Nachbarzimmer quäkte Iwanuschka. Niemand hatte so ein wunderbares Kind – fand sie jedenfalls. Man konnte ihn ununterbrochen anschauen, es wurde einem nie langweilig.

Margo wunderte sich, wie es möglich war, dass sich in dem Jungen die Gene zweier so unterschiedlicher Menschen wie Vera und Alexander vereint hatten. Der Kleine hatte den energischen Blick von Alexander, man sah sofort, dass er Charakter hatte. Und von Vera hatte er die slawische Güte und das Aussehen. Es kam einem vor, als ob es dieses Kind immer gegeben hätte, ja es war geradezu seltsam, dass es ihn einmal nicht gegeben haben sollte.

Margo hatte Ärger auf der Arbeit. Man hatte die Kaderstruktur umorganisiert. Margo war sicher gewesen, dass sie dabei in Rang und Lohn befördert würde. Aber eine gewisse Mikuschewa war stattdessen befördert worden. Ein Anruf von ganz oben, und die Ungerechtigkeit triumphierte.

Margo weinte. Man hatte sie im Stich gelassen und gekränkt.

Wenn das nicht in Moskau, sondern im Kaukasus passiert

wäre und Margo Brüder gehabt hätte, hätten die jetzt jemandem die Fresse poliert. Sie hätten die Ehre ihrer Schwester verteidigt. Aber das Ganze war in Moskau geschehen. Niemandem wurde hier die Fresse poliert. Nicht einmal mit Worten. Ihr Mann, der General der Reserve für Transport und Verkehr, würde doch nicht am Telefon den Leiter der Kaderabteilung mit Mutterflüchen eindecken.

Also ging Margo einfach nicht mehr zur Arbeit. Es widerte sie nur noch an. Und zu Hause konnte sie bei ihrem Enkel sein.

Ein Kind im Haus, das gab jede Menge Arbeit. Und so viele Helfer man auch hatte, die Arbeit war nie zu Ende. Aber die moralische Befriedigung war mit nichts zu vergleichen. Vor Publikum schön zu singen war ja doch für fremde Leute. Aber das Kind war für einen selbst, ganz persönlich. Es war die eigene Unsterblichkeit.

Margo ging in Pension. Sie stürzte sich ganz ins Familienleben. Und das erwies sich als ein ganzer Kosmos. Darin war Raum für Kreativität, durchaus nicht weniger als in der Musik.

Abends, wenn das Kind eingeschlafen war, setzten sie sich zum Kartenspiel. Der General, Margo und Vera. Das Spiel war idiotisch, aber das Gehirn konnte dabei ausruhen.

Margo spielte nicht gern, sie schummelte oft. Vera deckte es auf. Dann wurde die Gerechtigkeit wiederhergestellt. Und es gab keine verschworenere Gemeinschaft als diese, die durch das im Nachbarzimmer schlafende Kind geeint wurde.

Alexander kam erst zurück, als Iwanuschka schon acht Monate alt war. Er lief noch nicht, aber er krabbelte schon, zielstrebig wie eine kleine Kakerlake. Eben war er noch hier, schon war er am anderen Ende des Korridors.

Alexander stellte den Koffer ab und zog den Lammfellmantel aus.

Iwanuschka krabbelte ihm um die Beine. Alexander rührte sich nicht vom Fleck, aus Angst, auf ihn zu treten.

Da kam Vera aus dem Zimmer. Sie hob den Kleinen auf den Arm – die reinste Madonna.

»Gük«, sagte das Kind.

»Er meint ›Glück‹«, übersetzte Vera.

Alexander verstand: Er musste jetzt Stellung beziehen. *Ja* oder *Nein*.

Ja hieß, dass Vera und das Kind bleiben würden. Dann war Alexander praktisch verheiratet. Eine Zivilehe.

Nein – das hieße, dass Vera sich still auf ihr eigenes Territorium zurückziehen würde. Dann hätte Alexander ein uneheliches Kind, aber er wäre frei, mit sauberem Gewissen und ebensolchem Pass.

Margo trat auf den Flur, sie war ja jetzt immer zu Hause. Sie nahm Vera den Jungen ab.

Vera, die jetzt die Arme frei hatte, ging auf Alexander zu und umarmte ihn.

Die vertraute weibliche Wärme. Das Elternhaus. Das Kind – ein Engel. Alles fügte sich zusammen.

Alexander wusste ja selbst nicht, was besser für ihn wäre, *Ja* oder *Nein* ... Vera oder eine andere? Aber es gab keine andere. Es gab sie nur in seiner Phantasie. Würde sie überhaupt je Wirklichkeit werden? Und in der Realität war da die ihm ergebene Vera. Und der Sohn, sein Nachfolger. Sein Vater und seine Mutter, die beide in den Enkel verliebt waren. Der Baum des Lebens, mit Wurzeln und Zweigen.

Alexander sagte nichts. Er ging ins Bad.

Er legte sich in die Badewanne und wusch sich die zehnmonatige Abwesenheit weg, den Schmutz und die Besäufnisse, das schlechte Essen und die zufälligen Affären. Eine Filmexpedition, das war ein Zigeunerlager. Alles war auf kurze Zeit angelegt und spontan, und es hatte den über allem liegenden Glanz der schöpferischen Arbeit.

Alexander schwieg immer noch. Margo tat er schon langsam leid.

Er hatte anstelle der Irina aus *Drei Schwestern* die Olga bekommen, die Älteste und Gütigste. Und jetzt musste er sich sein Familienglück vorstellen. Oder es sich nicht vorstellen.

Alexander wählte den Mittelweg: Er bemühte sich, Vera keinen Kummer zu bereiten, erfüllte seine Ehepflichten und Vaterpflichten. Aber dabei lebte er wie ein Ziegenbock an einer Hundeleine. Und diese Leine ließ sich beliebig lang ziehen.

Vera hatte endlich alles, was sie sich je erträumt hatte: ein Heim, einen Mann, einen Sohn und eine ungewöhnliche Schwiegermutter. Normalerweise sind Braut und Schwiegermutter insgeheim Rivalinnen. Aber Vera und Margo waren Freundinnen und Gleichgesinnte.

Margo war klar: Vera war älter als Alexander, die Sexualität litt darunter. Aber für Alexander mit seinem Charakter des ewigen kleinen Jungen war Mütterlichkeit viel wichtiger. Und Vera mit ihrem Talent zur Geduld war wie eine zweite

Mutter. Und das war wichtiger als Sex. Sex konnte man auch nebenher bekommen. Wie Salz, das man auf eine frisch zubereitete Mahlzeit streut.

Vera sah, dass sie mit dieser Schwiegermutter ungeheures Glück hatte, und bemühte sich, ihr behilflich zu sein. Sie übernahm die gesamte Hausarbeit. Sie hatte goldene Hände fürs Kochen und – das war das Wichtigste – die Fähigkeit, ständig dazuzulernen.

Margo kannte viele Geheimnisse, die ein einfaches Essen in ein Meisterwerk verwandelten.

Im Haus gingen ständig Gäste ein und aus: Wenn die einen gingen, kamen schon die nächsten.

Margo strahlte so richtig, wenn Besuch da war. Sie tankte dann Energie. Und wie sie die Gäste empfing… wie sie es verstand, sie zu begrüßen… Margo konnte sich kaum sattsehen an den Besuchern. Jeder Mensch war für Margo ein Träger göttlicher Vorsehung, dessen Geheimnis man ergründen musste. Und sie ergründete es. Sie fand in jedem Menschen etwas, was vor ihr noch nie jemand gesehen hatte.

Margo war voller Wohlwollen. Und Wohlwollen ist auch eine Art von Intelligenz.

Vera war an Demütigungen gewöhnt. Irgendwie war es so gekommen, dass alle sie gedemütigt hatten: ihr erster Mann, der Künstler Vilja, das Leben selbst mit der Matratze in den Kulissen, die Regisseure, die keine Heldin in ihr sehen konnten, und Alexander, der den Gedanken an eine Heirat mit ihr nicht zulassen konnte. Nur Margo sah in Vera die Schauspielerin, die Frau und die Persönlichkeit. Und langsam, aber beständig gewann Vera an Selbstsicherheit. Ja, sie war nicht schlechter als andere. Und sogar besser als viele.

Vera blühte auf. Die Selbstsicherheit stand ihr. Die Regisseure machten Vera um die Wette Filmangebote. Die Hauptrollen bekam sie immer noch nicht, aber gute Nebenrollen. Sie spielte die einfachen, gerechten, russischen Frauen. Vera prägte sich einem als guter Mensch ein. Man erkannte sie jetzt auf der Straße und lächelte ihr zu wie einer Bekannten, ja fast Verwandten. Man liebte Vera. Es war unmöglich, sie nicht gernzuhaben.

Es kam einem vor, als wenn man zu ihr nach Hause gehen könnte, und sie würde einen nicht abweisen, sie würde einem seelische und körperliche Nahrung geben. Ein Mensch, der die rauhe Schule des Lebens durchgemacht hat, versteht es, mit anderen mitzufühlen.

Vera war jetzt weniger zu Hause. Sie musste zu Dreharbeiten, häufig in die entlegensten Ecken des Landes.

Aber wo auch immer Vera war, sie schrieb nach Hause.

Jeder Brief begann mit »Guten Tag, meine Lieben!«

Die Buchstaben waren groß, es passten gerade drei Wörter in eine Zeile, es war wenig Text auf einer Seite. Sieben Zeilen mit je drei Wörtern. Aber mehr brauchte es auch nicht. Die Hauptsache war, sie hatte jemanden, dem sie ein Signal der Liebe schicken konnte. Sie hatte eine Familie, Menschen, die sie liebten und die sie liebte.

Wenn sie nach Hause zurückkehrte, stürzte sie sich mit ganzer Leidenschaft in die Hausarbeit. Sie zog den Kahn des Haushalts, wie ein Wolgatreidler die Schiffe die Wolga hochschleppt. Man hielt sie nicht auf. Alle waren schon daran gewöhnt und dachten, dass es so sein müsste.

Jeder brachte das Seine in die Familie ein. Iwanuschka war die kleine Sonne, alles drehte sich um ihn. Margo war das

Gehirn des Unternehmens, der weltliche Verstand. Vera war die Haushälterin, das Mädchen für alles. Alexander war ›unser Ein und Alles‹. Wie Puschkin für Russland. Alexej Iwanowitsch war für die Außenwelt zuständig. Er ging irgendwo hin zur Arbeit, kam von irgendwo zurück, von ebendieser Arbeit. Aber was er da genau tat, wusste Vera nicht. Niemand wusste es, sie interessierten sich auch nicht weiter dafür.

Alexander bereitete einen weiteren Film vor.

Vera hatte darin wie immer eine Nebenrolle.

Der Drehbuchautor, der junge Romka Bjelikow, der damals sehr angesagt war, hatte gerade erst das Filminstitut abgeschlossen. Er hatte eine Ponyfrisur und kurze, wie abgesägte Zähne.

Sein Gesicht war unharmonisch. Er war nicht schön – bis er den Mund aufmachte. Aber wenn er ihn aufmachte und zu erzählen anfing, blieb keine einzige Frau gleichgültig. Jede wäre bereit gewesen, sich ihm hinzugeben und für ihn barfuß durch den Schnee zu gehen. Das war die Macht des Talents.

In den sechziger Jahren stand Talent hoch im Kurs. So wie heute das Geld. Romka verzieh man wegen seines Talents einfach alles: die Schulden, die Lügen, die Saufereien. Romka hielt sein Wort nicht. Worte brauchte er nur, um Drehbücher zu schreiben und zu lügen.

Sie arbeiteten bei Alexander. Margo liebte es, wenn ihr Junge unter ihrer Aufsicht war und wenn er regelmäßig die von ihr gekochten Mahlzeiten aß.

Der Arbeitstag begann um zehn Uhr morgens.

Eines Tages erschien Romka ganz in Gedanken versunken und rätselhaft.

Sie veränderten die Story, bauten Szenen um, eine nach der anderen. Plötzlich stand Romka auf und sagte: »Moment mal…«, und ging raus.

Alexander dachte, dass Romka zur Toilette gegangen sei, so was erklärt man ja nicht groß.

Alexander saß da und wartete.

Romka tauchte erst nach zwei Monaten wieder auf. Er hatte in dem Moment eine Saufphase angefangen, die zwei Monate lang gedauert hatte.

Es gibt die Pathologie der Begabung. Ein normaler Mensch kann nicht Mozarts *Requiem* komponieren oder die *Sixtinische Madonna* malen. Das Talent liegt außerhalb der Norm. Die Norm ist das Mittelmaß.

In Romkas Abwesenheit versuchte Alexander allein zu arbeiten, aber das erwies sich als unmöglich. Es war, wie allein Tennis spielen zu wollen.

Nach zwei Monaten kam Romka zurück, reumütig und voller Ideen. Sie arbeiteten zusammen weiter, schnell und inspiriert. Langsam näherten sie sich dem Ende.

Und plötzlich… nun ja, so plötzlich auch wieder nicht, wurde Romka Vater. Er musste in die Geburtsklinik, um seine Frau abzuholen. Aber die Arbeit war in vollem Gange. Das Ende ist der allerwichtigste Moment. Das Ende macht den Kranz erst rund.

Alexander befürchtete, dass Romka, wenn er erst einmal zu einer Familienfeier ging, erneut für zwei Monate im Alkoholrausch versänke. Und das wäre eine Katastrophe gewesen.

Also zog sich Alexander an und fuhr zusammen mit Romka zur Geburtsklinik.

Alles, was geschah, war nur der Hintergrund, vor dem sie arbeiteten.

Die Geburt dauerte lange. Alexander und Romka standen vor der Klinik und unterhielten sich leise. Alexander schlug eine Variante vor, Romka lehnte sie ab oder stimmte zu und baute sie aus. Sie sprachen leise miteinander, damit die anderen Leute nicht auf sie aufmerksam wurden.

Schließlich kam Romkas Frau Anjuta heraus, eine absolute Schönheit. Neben ihr stand die lächelnde Kinderschwester und hielt Romka das Kind hin.

Dann fuhren alle in eine Neubaugegend, wo Romka eine Wohnung erhalten hatte. Sie fuhren mit dem Lift in den neunten Stock. Alle drängten sich in die Wohnung, nur Romka und Alexander blieben draußen auf dem Treppenabsatz am Fenster stehen. Sie legten ein paar Blätter auf der Fensterbank aus, und Romka notierte eilig, was sie sich vorhin ausgedacht hatten. Es interessierte sie beide wirklich. Und was um sie herum geschah, die Eltern, die Großeltern, das Bettchen, die Windeln und sogar das Neugeborene selbst, all das ging völlig an ihnen vorbei.

Anjuta brannte vor Scham. Es war ihr peinlich vor ihren Eltern. Romka – der Mann und Vater – zeigte keinerlei Interesse an dem eigenen Kind. Er verhielt sich gleichgültig und blieb abseits, wie ein Enterich im Teich. Keinerlei Interesse an der Brut.

In der Wohnung hatte man den Tisch gedeckt. Die beiden mussten sich vom Drehbuchende losreißen und sich zu den Gästen setzen.

Auf dem Tisch stand Wodka in beschlagenen Flaschen, die hellblau und perlmuttfarben schimmerten, wie wertvolle Opale. Schon beim Hinsehen konnte man die Kälte spüren.

Man sprach einen schwülstigen Trinkspruch zu Ehren des Neugeborenen. Sie mussten das Glas auf Ex austrinken, sonst wäre es unhöflich gewesen. Dann stießen sie auf die Eltern an, Anjuta und Romka, dann auf die Großeltern.

Alexander versuchte Romka zu bremsen, aber er begriff bald, dass das sinnlos war, und ließ sich dann selbst in einen wohligen Rausch fallen, es war, wie wenn ein Skifahrer einen hohen Berg hinuntergleitet.

Der Rausch befreite von der Realität. Und auch das Drehbuch führte Alexander von der Realität weg in ein ausgedachtes Leben. In der Wirklichkeit war ihm langweilig. Es war viel schöner, sich seine eigene Welt zu erfinden, sie mit seinen eigenen Menschen zu bevölkern, und sie nach seinen eigenen Gesetzen leben zu lassen.

Das Leben verlief in vorgespurten Bahnen.

Iwanuschka wuchs auf und erfreute sie alle jeden Tag.

Alexander blieb ein Kind, noch dazu ein schwieriges Kind. Wie die Franzosen sagen: ein *enfant terrible*. Mitten in der Nacht konnte er aufstehen und zum Flughafen fahren. Der Flughafen war der einzige Ort in ganz Moskau, wo man nachts eine Flasche Wodka kaufen konnte. Das Büfett war rund um die Uhr geöffnet. So war das Moskau der sechziger Jahre.

Alexander, der qualvoll nüchtern war, stand mitten in der Nacht auf, schlurfte in den Korridor und zog sich an.

Vera stand brav auf und zog sich ebenfalls an, ohne ein Wort zu sagen, um Alexander zum Flughafen zu begleiten.

Um bei ihm zu sein. Einem Betrunkenen konnte ja alles Mögliche passieren.

Und es passierte auch. Eines Tages stürzte Alexander, weil er eine Stufe verfehlte, und brach sich das Steißbein. Danach schlief er zwei Monate lang auf dem Boden. Der Arzt hatte eine harte Unterlage empfohlen.

Vera schlief ebenfalls neben ihm auf dem Boden. Sie teilte sein Los.

Vera verhielt sich Alexander gegenüber wie eine Mutter gegenüber ihrem Kind. Sie war ja auch die Ersatzmutter.

Margo gefiel das. Margo passte natürlich auf und fürchtete immer, dass Alexander sich in eine junge ›Kopfverdreherin‹, wie sie das nannte, verlieben könnte. Aber sie – Margo und Vera – hätten ihm auch das erlaubt. Als Überdruckventil. Das Wichtigste war die Familie, der Clan, Iwanuschkas Gesundheit und Alexanders beruflicher Erfolg.

Gewöhnlich passiert genau das, wovor man sich fürchtet.

Alexander verliebte sich in ein junges Ding. Sie hieß Nelja. Natürlich war sie eine Schauspielerin, was denn sonst …

Nelja war keine ›Kopfverdreherin‹ im gewöhnlichen Sinn. Sie tat nicht alles mögliche, bloß um Aufmerksamkeit zu bekommen. Sie war einfach sehr schön und liebevoll. Wenn jemand sich in sie verliebte und sein Begehren zeigte, dann hatte Nelja Mitgefühl mit ihm. Sie war in einem Kinderheim aufgewachsen und hatte gelernt, die Dinge einfach zu nehmen.

Nelja war damals fünfundzwanzig, aber sie sah aus wie vierzehn. Jugendlich, schlank, aber mit Kurven. Volle rote Lippen, als ob sie gerade Kirschkompott gegessen hätte.

Zum ersten Mal sah Alexander sie im Fernsehen und war sofort wie elektrisiert. Er wollte sie umarmen, trösten, beschützen, diese Lippen küssen.

»Wer ist das?«, fragte Alexander Vera, ohne den Blick von der Mattscheibe zu wenden.

Vera sah kurz hin: »Nelja Subbotina. Verheiratet, ein Kind.«

Die Hauptsache war, mitzuteilen, dass Nelja vergeben war. Damit sich Alexander gar nicht weiter in diese Lippen vertiefte.

»Und wer ist ihr Mann?«, fragte Alexander.

»Ach, niemand«, sagte Vera.

Das sollte bedeuten, dass der Mann kein Prestige hatte.

»Der Sohn eines Ministers wollte sie heiraten«, sagte Vera weiter. »Sie hat abgelehnt.«

»Warum?«, fragte Alexander.

»Weil sie doof ist. Sie ist einfach nicht berechnend.«

»Und du, bist du berechnend?«

»Natürlich ...«

»Und mir hast du was von Liebe erzählt ...«, sagte Alexander verwundert.

»Die Liebe ist ja auch der Hauptfaktor bei meinen Berechnungen.«

Alexander lud Nelja zu Probeaufnahmen ein, obwohl er auch ohne Probe wusste, dass sie und nur sie diese Rolle spielen würde.

Nelja kam ins Arbeitszimmer des Regisseurs. Alexander lag auf dem Sofa. Ihm tat immer noch das Steißbein weh.

»Sie liegen da wie ein altgriechischer Römer«, sagte Nelja.

Alexander reagierte nicht auf den Scherz. Na, und was war das auch für ein Scherz … Alexander war streng. Offiziell. Er fürchtete, dass Nelja seine Abhängigkeit und geheime Leidenschaft spüren würde.

»Lassen Sie sich die Haare anders färben«, ordnete er an, ohne Nelja überhaupt anzusehen. »Und dann machen Sie Probeaufnahmen.«

Nelja färbte sich die Haare schwarz. Sofort sah sie älter und primitiver aus. Man musste ihre ursprüngliche Haarfarbe wiederherstellen.

»Ihretwegen werde ich noch kahl«, sagte Nelja in vorwurfsvollem Ton.

»Haare sind keine Zähne. Die wachsen nach«, meinte Alexander.

Er verstand selbst nicht, wieso er ihr eine andere Haarfarbe empfohlen hatte. Ihm hatten Blondinen schon immer gefallen. Und was war überhaupt mit ihm los? Er dachte nur noch an sie, wollte sie dauernd sehen. Und wenn er sie sah, dann war es ihm immer noch zu wenig. Es war wie ein Durst, den er nicht stillen konnte. Ihm wurde klar, dass es ihm bei einer Frau nicht auf die Güte ankam, sondern auf dieses ›Komm her‹. Nelja rief, zog ihn an und lockte, obwohl sie überhaupt nichts tat. Sie war einfach, wie sie war.

Zu Hause bemerkten es alle schnell.

Alexander sagte nichts, aber er lief ständig geistesabwesend umher.

»Hast du dich verliebt?«, fragte Vera direkt.

»Das geht vorbei, wahrscheinlich …«, antwortete Alexander.

Vera verspannte sich: Und wenn es nicht vorbeiging?

Sie vertraute sich Margo an.

Margo warf ihr Agentennetz aus. Gut unterrichtete Kreise sagten, dass Nelja ungefährlich sei. Sie sei überhaupt nicht berechnend. Und würde auf jeden Fall irgendwann einen Fehler machen.

Man musste also den Fehler abwarten, und dann würde sich Alexander schon von selbst von Nelja lösen. Er würde sich ganz von allein von ihr entfernen.

Alexander litt. Margo sah es.

Sie beschloss, Nelja ins Haus zu holen, sie zu einer Familienfeier einzuladen.

Von Zeit zu Zeit betrank sich Alexander heftig. Margo und Vera war es lieber, wenn er zu Hause trank. Dann konnten sie den Prozess lenken: ihm rechtzeitig eine heiße Suppe einflößen, ihn rechtzeitig ins Bett bringen. Aber für Alexander war weder die Suppe noch der Schlaf wichtig. Das Wichtigste war die Gesellschaft, die Gespräche, die Suche nach der Wahrheit.

Margo rief Nelja an.

Nelja wagte nicht zu widersprechen und kam ins Haus. Sie genierte sich, als sie in das große Wohnzimmer trat, das voller Bücher war. In den Zimmern sprang ein kleiner Junge herum, er ging von Hand zu Hand. Alle liebten ihn und streichelten ihn.

Margo und Vera waren offen und wohlwollend – mit weit geöffneten Herzen.

Alexander selbst saß wie ein Zar am gedeckten Tisch, der ebenfalls fürstlich war. Hier waren auch seine Freunde versammelt, der Drehbuchautor Romka Bjelikow, der Kameramann Gawrjuschkin, ein helläugiger, schöner Kerl.

Nelja hatten sie links neben Alexander platziert. Vera rechts von ihm. Alexander legte den einen Arm Nelja um die Schultern, den anderen Vera und tönte laut: »So möchte ich gern leben. Das wäre meine Familie.«

Alle lachten, wie über einen Witz. Aber es war die reine Wahrheit. Genau so wollte er leben: Brot und Rosen.

Nelja, das waren die Rosen, der Duft, die Schönheit, das Glück. Und Vera war alles andere: der Sohn, die alltägliche Ordnung, die Sicherheit für den nächsten Tag. Bei ihr war er sicher wie hinter einer Wand.

Die muslimische Moral hat einen magischen Anziehungspunkt: die ältere Frau und die jüngere Frau. Beide stehen dem Hausherrn gleich nahe. Keiner lässt den anderen im Stich.

Die christliche Moral erträgt keine Konkurrenz und keine Vereinigung: ich und nur ich. Daher die Tragödien und die Scheidungen.

Neljas Weiblichkeit war nicht aggressiv, nicht raubtierhaft. Sie hätte sich sicherlich mit der Rolle der jüngeren Nebenfrau oder der Geliebten zufriedengegeben. Sie hätte eine Schauspielerin mit einem talentierten Meister werden können, wie die Orlowa mit Alexandrow, wie die Ladynina mit Pyrjow oder die Tschurikowa mit Panfilow. Sie wäre dadurch als Frau und als Persönlichkeit gereift. Aber Nelja war Nelja. Sie konnte und wollte nicht über ihre Nasenspitze hinausschauen. Und sie machte einen Fehler.

Der Fehler passierte in Romkas Wohnung.

Alexander hatte von Romka den Schlüssel bekommen. Er

plante seinen ersten romantischen Abend mit Nelja. Wie oft hatte er davon geträumt. Und nun war es endlich so weit.

Alexander zog sich aus und legte sich in Romkas Bett. (Die Familie war weggefahren.) Und Nelja zog langsam ihren Rock über den Kopf. Da stand sie, so jung und so gerade. Die Haare verhedderten sich im Reißverschluss, sie hielt inne und sagte etwas, brummelte ein paar Worte.

Alexander hörte genau hin und verstand, was sie sagte: »Ich hab was mit Sergej Konstantinowitsch Krylow gehabt, mit Lew Jakowlewitsch Scherman; jetzt werde ich mit Ihnen schlafen, aber lieben tue ich Gawrjuschkin.«

Für Alexander war das wie ein Schlag ins Gesicht. In ihm zerfiel alles, und vor allem seine Seele. Sie krachte zusammen und zerbrach in tausend Einzelteile.

»Wieso bist du dann hier?«, fragte Alexander.

»Weil Sie es wollten«, sagte Nelja. »Ich sehe es doch. Im Kinderheim haben sich die Jungs in mich verliebt. Die machten genau solche Augen.«

»Und du hast dich allen hingegeben?«

»Nicht allen. Aber grundsätzlich haben sie mir leidgetan.«

Nelja hatte endlich aus ihrem Rock herausgefunden. Sie strich die Haare aus dem Gesicht.

»Geh nach Hause«, sagte Alexander.

Nelja war leicht verwundert, ihre Augen wurden größer.

»Kann ich wirklich?«, fragte sie.

»Ja. Geh heim.«

Nelja zog ihren Rock schnell wieder an und ging nach Hause. Alexander hörte, wie die Wohnungstür zufiel. Und dann fing er an zu weinen.

Wenn Nelja zurückgekommen wäre und gesagt hätte: »Ich hab bloß Spaß gemacht. Ich hab nie einen anderen gehabt und werde keinen haben außer dir«, dann hätte er ihr alles verziehen, hätte sogar Vera verlassen, hätte seine Vergangenheit vergessen. Er hätte sie geheiratet, hätte sich einen Stempel in den Pass machen lassen. Keine Vielweiberei, Nelja wäre die einzige Frau gewesen, fürs ganze Leben. Er hätte immer nur ihre Schönheit betrachten wollen, ihre Weiblichkeit einatmen, sich an ihren Dummheiten entzücken … Aber Nelja kam nicht zurück. Sie liebte Alexander nicht. Sie verließ die Männer schnell und war schnell versöhnt, wenn sie verlassen wurde. Es lag an der Abhärtung durchs Kinderheim.

Alexander zog sich in sich selbst zurück. Er arbeitete viel und trank viel. Er konnte überhaupt nur trinken und arbeiten. Leben konnte er nicht.

Vera zog an ihrem Wolgatreidlergurt: Kind, Haushalt, Filmaufnahmen. Sie drehte oft und verdiente gut. Sie kaufte sich einen schwarzen Persianer. Der Pelzmantel war beeindruckend, ein Generalspelzmantel, aber es trieb ihr die Tränen in die Augen, wenn sie an die Lämmer dachte, denen man dieses Fell vom Leib gezogen hatte. Wenn man die Zeit zurückdrehte, was für ein verzweifeltes Geschrei von Schafbabys würde da ertönen …

Iwanuschka hatte sich vom Baby in einen kleinen Jungen verwandelt. Er war schon fünf Jahre alt, laut, verwöhnt, aber herzensgut. Man verbot ihm nichts, er durfte alles. Einmal lief er zu Vera und trat sie mit seinem kräftigen kleinen Bein.

»Bestraf ihn!«, sagte Margo bestürzt.

»Das Kind muss Spannung abbauen«, entgegnete Vera. »Er muss seine Aggressionen loswerden.«

»Aber wieso an dir?«, fragte Margo verständnislos.

»Na, an wem denn sonst?«

Und in der Tat. Alexander zu treten war ausgeschlossen. Die Großmutter und den Großvater auch. Also blieb nur Vera.

Vera merkte sofort, dass Nelja sich in Luft aufgelöst hatte. Alexander ging lustlos umher, er war bedrückt. Aber Vera wusste, dass das vorübergehen würde. Man musste einfach abwarten.

Vera setzte ein mitfühlendes Gesicht auf, aber in der Tiefe ihrer Seele triumphierte sie. Die Gefahr war vorbei, und was für eine Gefahr. Wenn Nelja schlauer gewesen wäre, wäre für Vera alles auseinandergebrochen. Da hätte auch Margo nicht mehr helfen können.

Alexander erinnerte sich an den Vorfall mit der Kiefer, und er begriff: Vera war die Kiefer. Er würde sich an ihr immer den Kopf einschlagen, und Vera würde unerschütterlich stehen bleiben wie ein Baumstamm, wenn auch mit mitfühlendem Gesicht.

Doch Vera hatte ja keinerlei Schuld. Sie mischte sich nicht ein, machte keine Szene, pochte nicht auf ihre Rechte. Sie wartete einfach ab. Sie handelte nach dem Prinzip: Tu, was getan werden muss, und der Rest kommt von selbst.

Der Film mit Nelja in der Hauptrolle war abgeschlossen. Er war einzigartig. Da gab es nichts Heldenhaftes, nichts Belehrendes, keinerlei Intrigen. Es war einfach das Gefühl von Sonne, Jugend, Freude, all das lag in der Luft, war in dem leichten Text vorhanden und in Neljas klarem Gesichtchen. Offensichtlich durchdrang Alexanders Liebe die ganze Atmosphäre des Films. Aber es war nicht nur Alexanders Liebe. Hier war auch das Talent von Romka Bjelikow am Werk, der es verstand, die Welt zu sehen wie kein anderer. Es war ein anderes Sehen. Und Alexander fing diese Schwingungen auf und verstärkte sie. Sie lagen auf ein und derselben Wellenlänge.

Alexanders Name stieg am Filmhimmel auf wie eine Rakete und zerbarst am Firmament wie ein Salutschuss. Allen wurde klar, dass ein neuer Star des Films geboren war, der ein neues Kapitel des Films aufschlagen würde. Dafür lohnte es zu leben, obwohl es sich sowieso immer zu leben lohnt.

Der Erfolg ist das effektivste Narkotikum. Alexander berauschte sich am Erfolg, aber noch mehr berauschte er sich am Wodka.

Margo war besorgt, Vera dagegen war beruhigt. Sie verstand, dass Alexanders Alkoholsucht seine Manövrierfähigkeit einschränkte. Ein nüchterner Mensch kann wie ein leichtes Boot hierhin und dahin gleiten. Aber der Alkohol war wie ein Anker. Der Wodka wird mit der Zeit wichtiger als die Frauen, wichtiger als die Liebe. Vera arbeitete viel. Sie fuhrwerkte im Haus herum. Sie liebte ihren Sohn abgöttisch und verwöhnte ihn. Und sie hatte Angst. Sie fürchtete immerzu, dass gleich etwas Schlimmes passieren würde. Eine andere würde auftauchen und ihr Glück stehlen.

Veras Wohnung in der Genossenschaft – eben die, die sie mit Alexanders Hilfe ergattert hatte – stand leer. Margo schlug einen Wohnungstausch vor: Sie wollte die beiden Wohnungen, ihre und Veras, gegen eine größere eintauschen. Aber Vera wollte davon nichts hören. Sie wollte ihr eigenes Plätzchen behalten, damit sie irgendwohin konnte, falls man sie eines Tages fortjagen würde.

Aber niemand wollte Vera fortjagen. Alexander war es gewohnt, so zu leben, wie er lebte: Gast im eigenen Haus und draußen Junggeselle.

Zu Hause umsorgten ihn alle und verwöhnten ihn. Wenn er auf einer seiner Sauftouren war, suchten sie ihn in ganz Moskau. Welche Ehefrau würde einen solchen Mann ertragen? Aber Vera ertrug ihn.

Alexander war ihr Ein und Alles: der Vater ihres Kindes, der Ehemann und ihr Lehrmeister. Er fühlte sich in ihre Rollen ein. Wenn er eine der üblichen Rollen heraussuchte, gab er ihr Ratschläge.

»Spiel mal Hass …«

»Wie spielt man das?«, fragte Vera verständnislos.

»Versteckt. Hass versteckt man immer ganz tief.«

»Und was ist außen?«

»Außen ist Liebenswürdigkeit, Aufrichtigkeit …«

Und so wurde Vera mit einem Mal klar, was sie vor der Kamera tun musste: Liebenswürdigkeit spielen, aber mit Bosheit in den Augen.

Und Vera wurde eine ausdrucksstarke Schauspielerin.

Sie war jetzt sechsundvierzig Jahre alt. Sechsundvierzig, das ist natürlich nicht mehr die Rosenknospe, das ist die aufgeblühte Rose mit den ersten Anzeichen des Verwelkens. Aber diese ersten Anzeichen des Welkens verstärken den natürlichen Duft der Rose, der die Schönheit der Blume verdoppelt. Bald werden die ersten Blütenblätter fallen, aber das ist erst später. Nicht jetzt, und vielleicht auch nie. Jetzt aber steht die Rose da in angespannter, stolzer Schönheit, und es kommt einem so vor, als sei es für immer.

Die Andere

Sie erschien an einem grauen Novembertag. Jung war sie, bescheiden und trug eine Brille. Sie war eine Studentin aus den Drehbuchschreibkursen.

Manche ihrer Drehbücher waren schon bei Mosfilm angenommen worden, aber sie arbeitete auch Drehbücher um. Man hatte Alexander vorgeschlagen, ein fremdes Drehbuch umzuarbeiten, und sie ihm zur Zusammenarbeit empfohlen.

Alexander war einverstanden, denn er hatte gerade nichts zu tun. Und Vera und Margo hatten dann immer Angst um ihn. Untätigkeit mündete bei ihm gern in Gelagen, und das Trinken schlug ihm langsam auf die Leber, konnte zu einer Zirrhose führen. Und die Zirrhose war eine Einbahnstraße, mit klarem Ende.

Alexander nahm den Umarbeitungsauftrag an.

Sie hatten sich bei ihm zu Hause zur Arbeit verabredet. Der Arbeitstag begann um zehn Uhr.

Das Mädchen kam pünktlich, genau um zehn. Sie war lieb und still. Vera spannte sich an: Stille Wasser sind tief.

Aber im Moment war noch alles ruhig. Beim ersten Kennenlernen stellte sich heraus, dass das Mädchen verheiratet war und ein Kind hatte. Sie hatte die pädagogische Hochschule abgeschlossen. Also war sie klug und ernsthaft. Vera beruhigte sich und stand der jungen Drehbuchautorin sogar wohlwollend gegenüber. Sie hieß Leonsija, abgekürzt Leona oder Lena.

Lena und Alexander begannen in seinem acht Quadratmeter großen Zimmer zu arbeiten. Sie saßen einander gegenüber, dazwischen ein kleiner Zeitungstisch, auf dem die Schreibmaschine stand.

Alexander stellte bei dem Mädchen schnell eine Besonderheit fest: Sie wollte nur etwas erfinden und es aufschreiben. Alles andere interessierte sie nicht. Es war ihr völlig egal, was im Lande politisch vor sich ging. Sie verstand nicht, wie man sich allein auf den Roten Platz stellen und protestieren konnte. War es nicht viel besser, sich etwas auszudenken und es aufzuschreiben?

Lena entwickelte ihre Stoffe und wollte nichts anderes. Wie eine Spinne, die ihr Netz aufbaut, die die Fäden aus sich selbst herauszieht und sie zu einem lockeren Geflecht verwebt, das einfach und kompliziert zugleich ist. Es interessierten sie nur die Menschen, die in ihr den Wunsch zu arbeiten entfachten, die in ihr die Spinne hervorlockten.

Die Begabung fügt dem Leben viel hinzu, aber sie nimmt ihm auch genauso viel weg. Lena hatte beschlossen, kein zweites Kind zu bekommen. Sie glaubte, ein Kind würde sie nur von den weißen Blättern ablenken. Es würde ihr nicht erlauben, ihr Hauptwerk zu schreiben.

Was für ein Irrtum … Wie kann man einen Menschen, den man selbst geboren hat, mit irgendeinem Buch vergleichen … Aber das versteht man erst später, am Ende des Lebens. Zunächst geht man durch den reinen frischen Schnee, man legt seine Spur, seinen eigenen Pfad – und nur das ist wichtig: gehen und eine Spur hinterlassen.

Alexander und Lena setzten sich einander gegenüber und schwiegen konzentriert.

Lena wusste nicht, in welche Richtung sie die Geschichte lenken sollte. Sie schämte sich dafür, dass sie so dumm und träge war.

»Entschuldigen Sie bitte …«, sagte Lena.

»Wofür denn?«, fragte Alexander verständnislos.

»Dafür, dass mir nichts einfällt.«

»Na, dann entschuldige ich mich auch«, sagte Alexander.

Es kam ihnen beiden einfach nichts in den Sinn.

Alexander nahm die Gitarre und improvisierte. Er improvisierte gut. Lena verstand etwas davon.

Alexander improvisierte weiter. Plötzlich legte er die Gitarre beiseite und sagte: »Wir brauchen einen dritten Idioten. Der würde die Handlung vom Kopf auf die Füße stellen.«

»Was für ein dritter Idiot?«

»Irgendeiner. Soll irgendeiner zufällig an der Tür klingeln. Er hat sie verwechselt.«

»Was verwechselt?«

»Die Wohnungstüren.«

Sie begannen Varianten aufzuzeichnen, ein Sujet zeichnete sich ab und kam in Schwung. Es war wirklich so: Eine neue handelnde Figur hatte gefehlt. Man hatte frisches Blut gebraucht, einen anderen Standpunkt. Alexanders Gespür war richtig gewesen.

Dann verging die Zeit schnell. Drei Stunden verflogen wie zehn Minuten.

Vera sah herein und sagte: »Kommt zum Mittagessen …«

Sie gingen hinüber in die Küche. Auf dem Tisch stand ein goldbraun gebratener Truthahn.

Margo fragte: »Lena, wollen Sie helles oder dunkles Fleisch?«

Lena überlegte; sie dachte, dass das helle Fleisch besser war und es unbescheiden wäre, das beste Stück zu verlangen. Deshalb sagte sie: »Dunkles…«

Und sie bekam ein Stück vom Bein, dem allerbesten Teil.

Lena machte große Augen und fragte: »Essen Sie immer so?«

Alles und alle entzückten Lena: die erstaunliche Margo mit der dunklen, verrauchten Stimme, Alexander mit seinem brillanten Gehirn und Vera in ihrem verwaschenen Baumwollkittel. Der Kittel war unter dem Arm an der Naht aufgerissen.

Aber Vera störte das nicht, ganz im Gegenteil: je schlimmer, desto besser. Erniedrigung ist mehr als Stolz. Vera war in die Familie gekommen wie eine Billardkugel in die dazugehörige Lochtasche. Sie wurde gebraucht, war unersetzlich. Und es war ganz egal, wie sie aussah. Sollten sich andere herausputzen und sich abmühen, um zu gefallen.

Lena putzte sich nicht heraus und mühte sich nicht ab, um zu gefallen. Sie war völlig ungefährlich. Alexander war voll und ganz bei der Arbeit. Das Umschreiben von Drehbüchern wurde von den Filmstudios großzügig bezahlt. Wohin man also schaute, es gab nur Vorteile.

Lena kam nie zu spät zur Arbeit, und das war für Alexander sehr wichtig. Er hasste Zuspätkommer. Eine Verspätung ist eine Form von Flegelei. Und Pünktlichkeit ist die Höflichkeit der Könige, wie man weiß.

Lena kam immer pünktlich, man hätte die Uhr nach ihr stellen können.

Wenn sie aus dem Bus stieg, hob sie den Kopf und schaute zu Alexanders Fenster. Er stand schon da und wartete, wie ein Kind am Fenster des Kinderkrankenhauses. Lena zog die Mütze vom Kopf und rannte mit der Mütze in der Hand los. Er sah, wie sie rannte, sich beeilte, ihm zustrebte, und etwas Gutes setzte sich in seiner Seele in Gang.

Das Umarbeiten eines fremden Drehbuchs ist eine Art Flickschusterei. Es ist eben ein Zubrot. Aber Alexander verstand es nicht, zu flickschustern. Er machte sich das Fremde mit der Zeit zu eigen.

Für Lena war es das erste fremde Drehbuch. Der Anfang des Anfangs. Und von diesem Anfang hing ihr ganzes weiteres kreatives Schicksal ab. Sie verstand das und strengte sich nach Leibeskräften an. Außerdem fand sie die Zusammenarbeit mit Alexander äußerst interessant. Da war jede Minute wie ein Fest.

Alexander spielte die Szenen gern vor. Er stand auf, ging durch das Zimmer, das eng war wie ein Zugwaggon, und stellte eine Figur dar. Der Dialog entstand dann beim Spielen. Lena beeilte sich, ihn aufzuschreiben, wobei sie von Zeit zu Zeit ihre Brille zurechtrückte.

An besonders gelungenen Stellen brach Lena in entzücktes Gelächter aus. Ihr Entzücken nahm Alexander als Applaus des Publikums entgegen, er legte sich noch mehr ins Zeug, wurde noch expressiver, begabter und allmächtiger.

Alexander brauchte wie jeder Künstler unbedingt Ansporn und Belohnung. Er blühte geradezu auf bei Lenas Lachen, vor ihren glänzenden Augen.

Wenn etwas nicht klappte, verstummte Lena. Sie saß still

und uninteressiert da. Er verstand dann, dass die Richtung nicht stimmte, und änderte sie.

Margo hörte Alexanders Lachen durch die Wand und freute sich. Ihrem Jungen ging es gut. Er lachte. Er war im Höhenflug begriffen.

Auch Vera hörte Alexanders Lachen, abgehackt, wie ein Bellen. Und Lenas Lachen. ›Sie gackert, als hätte sie ein Ei gelegt‹, dachte Vera. Sie war eifersüchtig. Lena war siebzehn Jahre jünger als sie. Siebzehn Jahre, das war viel. Ein ganzes Leben.

Um ein Uhr aßen sie zu Mittag.

Sie setzten sich in der dreißig Quadratmeter großen Küche um den runden Tisch. Alle Küchen, die Lena kannte, hatten nur sechs bis acht Quadratmeter. Aber das hier war ein Saal mit riesigem Fenster, durch das in der ersten Tageshälfte die Sonne schien.

Das Essen war auch nicht wie bei anderen Leuten. Es gab nicht einfach Fleisch mit Kartoffeln, sondern ungewöhnliche Dinge, zum Beispiel Kalbsleber, die so zart war, dass man sie gar nicht zu kauen brauchte. Und wenn es Fleisch gab, dann mit dem Geschmack des offenen Feuers, und Kartoffeln mit goldbrauner Kruste.

»Phantastisch …«, sagte Lena genießerisch. »Ein Gedicht …«

Margo freute diese Wertschätzung ihres Lebensstils. Ihr war es immer so vorgekommen, als sei diese Wohnung schlecht, die Möbel Sperrmüll, Vera schwermütig wie Wind im Kamin. Aber durch Lenas Augen betrachtet war alles anders: Die Wohnung war wunderbar, Alexander war ein toller Kerl, die Möbel exklusiv, so etwas gab es nur einmal. Vielleicht war es ja wirklich so …

Als Lena auftauchte, ließ der Regen nach und die Sonne ging auf. Alles war klar und fröhlich, das Leben zeigte sich von seiner besten Seite.

Sie waren in der Mitte des Drehbuchs angekommen.

Nach ein paar Stunden ununterbrochener Arbeit wollten sie eine Pause machen.

Alexander legte eine Musikkassette ein. John Lennon sang. Er sang und erfüllte den Raum. An der Wand hing eine gerahmte Fotografie: Die junge Margo trug den kleinen Alexander auf dem Arm. Es gab vier Arme: ihre beiden Arme und seine zwei. Vier Augen: ihre großen Augen und seine beiden aufgerissenen Augen. Und in allen vier Augen war Liebe. Es kam einem vor, als strahle von diesem Foto Zärtlichkeit und Glück in den Raum. Es war eine Fotografie wie eine Ikone. Man hätte davor beten können.

John Lennon sang, und Lena sah plötzlich, was für ein schönes Gesicht Alexander hatte: die großen dunkelblauen Augen, die hohen Wangenknochen, wie bei einem rassigen Pferd. Und die Hände mit den schlanken Fingern. Die langen Wimpern.

Lena wurde klar, dass sie sich verliebt hatte. John Lennon hatte es an den Tag gebracht.

Lena wurde still. Ihre Verliebtheit musste sie um jeden Preis verbergen. Das kostete Kraft.

In der Nacht träumte Lena, dass sie mit Alexander in einem roten Zimmer Tango tanzte.

Das Zimmer war ganz mit Samt ausgeschlagen, wie das Innere einer Schatulle. Sie tanzte mit Alexander Wange an Wange, und ihre Hüften berührten sich leicht. Sie schwammen dahin.

Lena wachte mitten in der Nacht auf. Alle im Haus schliefen: das Töchterchen, ihr Mann, die Kinderfrau. Sie atmeten ein und aus. Ihre nächsten, geliebten Menschen, die von ihr abhingen, von ihrem Verantwortungsbewusstsein und ihrem Anstand.

Sie musste ihre Verliebtheit hinunterschlucken, oder noch besser, ausspucken. Sie musste das Drehbuch beenden und weiterleben. Ihren eigenen Weg gehen. Sich auf ihr eigenes Talent konzentrieren, wenn es denn da war. Aber genau darum ging es … Lena schien es, als könne sie ohne Alexander schon gar nichts mehr. Ohne ihn kam sie sich vor wie eine Blinde ohne Führer. Sie konnte sich nur tastend fortbewegen. Und mit Alexander, nur mit ihm wüsste sie, wohin sie gehen und wo sie umdrehen sollte. Nur mit ihm zusammen war sie wirklich begabt. Er schaltete in ihr den mächtigsten Starkstrom an.

Eines schönen Abends erschien bei Alexander ein Gast mit Namen Sergej. Ein Freund aus Kindertagen. Sie waren in den letzten Schuljahren zusammen in einer Klasse gewesen.

Sie gingen alle zusammen in ein Restaurant: Alexander, Vera, Lena und Sergej.

Vera putzte sich nicht besonders heraus. Sie wechselte einfach den Hauskittel gegen ein Jersey-Kostüm. Alle Haare nach hinten, ein Pferdeschwanz, mit einem Gummi zusammengehalten. Je nachlässiger, desto besser.

Auch Lena war bescheiden angezogen: Sie trug Rock und Pullover. Ihr größter Schmuck war das Leuchten der Augen. Und das Leuchten der Jugend. Was konnte schöner sein als eine junge verliebte Frau …

Das Restaurant war voll. Musik spielte.

Sie bekamen einen gemütlichen kleinen Tisch in einer Ecke. Alexander bestellte schwarzen Kaviar, Wodka, verschiedene Vorspeisen und Schaschlik. Alle hatten einen Bärenhunger, und sie aßen mit großem Appetit.

Dann forderte Sergej Lena zum Tanzen auf. Er legte seine breite Hand auf ihren schmalen Rücken. Lena spürte die Wärme, wie von einer Heizung. Sergej zog Lena ganz selbstverständlich näher zu sich. Sein Herz pochte plötzlich an ihrem Ohr. Sie spürte es schlagen, wie ein Vorschlaghammer auf dem Amboss, sie gefiel ihm. Er begehrte sie.

Und Lena erinnerte sich, dass es da noch ein Leben gab, kein Drehbuchleben, kein ausgedachtes, sondern ein wirkliches, irdisches Leben. Das war es: Das Herz zerspringt fast vor Begehren. Das Zueinanderfließen der Geschlechter. Mann und Frau. Wie konnte man das vergessen…

Sergej neigte sein Gesicht zu ihrem Ohr hinab. Er sagte etwas. Sie hörte es nicht. Gott sei Dank.

Das Lied war zu Ende. Sergej führte Lena zum Tisch und setzte sich. Er hatte schwarze Locken, war romantisch. Ein hübscher Kerl.

Alexander kaute langsam, mit undurchdringlichem Gesichtsausdruck. In den letzten drei Wochen hatte er sich schon daran gewöhnt, dass ihm Lena gegenübersaß, ihn entzückt ansah, ihre Brille zurechtrückte und dabei die Nasenwurzel berührte. Und da umarmte sie jemand direkt vor seinen Augen. Und sie hatte nichts dagegen. Wie sollte er das verstehen? Alexander war dumpf eifersüchtig.

Vera machte eine Pause beim Essen. Sie sah zu Lena und sagte plötzlich: »Ich bin zehn Jahre älter als Sascha.« Und sie hob beide Handflächen hoch mit gespreizten Fingern, als wolle sie bekräftigen: zehn.

Lena verstand nicht gleich: Was für ein Sascha? Dann erst wurde ihr klar, dass Alexander gemeint war.

»Das ist doch egal«, sagte Lena leichthin. »Das hat doch gar keine Bedeutung.«

Sie schwindelte natürlich. Sie glaubte nicht wirklich, was sie sagte. Einen Mann zu heiraten, der zehn Jahre jünger war, das hieß, ein von vornherein verlorenes Spiel zu beginnen. Das Ende war abzusehen. Aber Vera brauchte Unterstützung, und deshalb log Lena.

»Es zählt die Schönheit des vertrauten Gesichts. Das hat mit dem Alter nichts zu tun«, erklärte Lena.

»Die Schönheit des vertrauten Gesichts ...«, wiederholte Vera gedankenverloren. Und plötzlich freute sie sich. Sie glaubte es. Wie sollte sie es auch nicht glauben.

Wenn man Tag für Tag zusammenlebte, dann bemerkte man doch gar nicht mehr, ob jetzt zwei Falten da waren oder drei. Das Wichtigste waren die gemeinsamen Aufgaben.

Wieder spielte die Musik. Alexander forderte Lena auf. Sergej und Vera blieben auf ihrem Platz.

Lena tanzte mit Alexander. Er war nicht groß, so tanzten sie Gesicht an Gesicht, seines ein kleines bisschen höher als ihres. Sein Herz schlug nicht. Die Hand auf ihrem Rücken war nicht heiß. Sie hielten die Hüften und Beine brav auf Abstand.

Die Musik hörte auf. Und plötzlich küsste Alexander Lena auf die Nase. Es war wie ein Scherz, aber es war auch Nähe. Lena blieb der Atem weg, als hätte man ihr kaltes Wasser aus einer Schöpfkelle ins Gesicht gespritzt. Sie fühlte sich plötzlich unglücklich. Schweigend ging sie zum Tisch zurück.

Vera bestrich ein Stück Brot mit schwarzem Kaviar, wickelte es in eine Serviette ein und steckte es in ihre Handtasche.

»Für Iwanuschka«, erklärte sie.

Alexander blitzte sie plötzlich aus bösen Augen an.

»Was ist denn?«, fragte Vera verstört. »Was hast du denn jetzt?«

Alexander genierte sich für Vera: Etwas vom Tisch nehmen und einstecken, das war kleinlich und schlechtes Benehmen. Er schämte sich für sie. Aber es ging um etwas anderes. Er genierte sich grundsätzlich für sie, vor allem dann, wenn andere Leute dabei waren.

Vom Restaurant zu Alexanders Haus war es nur eine Bushaltestelle. Sie gingen zu Fuß. Es war Februar, also noch Winter. Vom Boden stieg Nebel auf. Lena ging ohne Mütze. Sie fand, das sei schicker.

Alexander zog sie mit sich fort. Sergej blieb nichts anderes übrig, als Vera unterzuhaken.

Alexander nahm Lenas Hand und steckte sie in seine Manteltasche. Und dort, in seiner Tasche, drückte er ihre kalten Finger.

Vera ging hinter ihnen her und sah alles. Es war, als steckte Lena die Finger in anderer Leute Taschen. Wozu? Um zu stehlen. Wozu denn sonst?

Vera litt. Aber was sollte sie tun? Sie konnte doch jetzt keine Szene machen.

So ging sie weiter und ertrug es. Sie wusste, Alexander würde nur bis zum Haus so gehen. Und im Haus waren Iwanuschka und Margo, die vertrauten vier Wände. Dort wäre alles bald vergessen, würde sich in nichts auflösen wie Zigarettenrauch.

Aber Lena ging wie im Nebel, wie in einem Traum, schwebte regelrecht über der Erde. Sie war ein bisschen beschwipst, fühlte sich leicht, war verliebt und hatte Vera völlig vergessen. Alexanders Finger liebkosten ihre Hand, schickten Signale, elektrische Impulse. Und alle Menschen ringsum waren überflüssig.

Sie kamen zu einem Taxistand.

»Ich bringe Lena nach Hause«, sagte Alexander, wobei er sich zu Vera umwandte.

»Uh …«, ließ Vera hören.

Sie kannte sein ›Nachhausebringen‹. Schon im Taxi würde er über sie herfallen. Und nichts könnte ihn aufhalten.

»Hast du Angst?« Alexander hatte ihren dunklen Treppenaufgang im Sinn.

»Dort sind Ratten«, sagte Vera.

Sie hatte wirklich Angst, aber nicht vor den Ratten, sondern davor, dass Lena Alexander an sich binden und von ihr fortziehen könnte. Und sie würde ohne Ehemann zurückbleiben, und das Kind ohne Vater.

»Na gut.« Alexander ging zu Vera und tröstete sie.

Sergej freute sich und setzte sich ins Taxi. Viel erhoffte er sich nicht, aber wenigstens etwas. Wenigstens einen Kuss, und dann, mal sehen …

Das Taxi fuhr los. Lena wurde sofort still, sie zog sich völlig in sich zurück.

Sergej sah Lena an. Er hatte eine wunderschöne ovale Gesichtsform. Vielleicht hatte er auch noch mehr Bezauberndes an Körper und Seele, aber Lena wollte es nicht. Sollte es für jemand anderen gut sein.

Alexander legte sich schlafen. Er hatte lesen wollen vor dem Schlafen, aber er konnte nicht. So starrte er die Decke an.

In seinem Kopf schwamm ein Name hin und her: Le-o-na… Wie wunderschön. Nicht Lena, sondern Leona. Die Notizblock-Frau. Sie schrieb alles auf, was er sagte. Sie sah ihn an und verstand. Sie verstand sogar, was er nicht sagte. Völliger seelischer Gleichklang, als wäre sie tatsächlich aus seiner Rippe geschnitten.

Das ›Komm her‹ hatte sie auch. Aber es war nicht wie bei Nelja. Bei Nelja war es wie im Schaufenster ausgestellt. Bei Lena war es tief verborgen, fast unsichtbar. Aber wenn man genau hinsah…

Vera war schon ins Bett gegangen. Sie schlief in einem Zimmer mit Iwanuschka.

Vera konnte nicht einschlafen. Sie war voller Hass. Diese jungen ›Kopfverdreherinnen‹ kamen von allen Seiten angewuselt wie die Küchenschaben. Sie waren fähig, mit dem Kopf eine Tür zu durchbohren, nur um neben einer Berühmtheit stehen zu dürfen. Und Vera war für sie kein Hindernis. Eine Ehefrau war doch keine Mauer, man konnte sie wegschieben. Die hatten weder Scham noch Gewissen… Die ganze Welt hatte sich gegen sie, Vera, verschworen.

Neben ihr atmete sanft Iwanuschka. Das beschwichtigte sie. Es trug Frieden und Ruhe in ihre aufgewühlte Seele.

Die Arbeit am Drehbuch ging ihrem Ende zu.

Lena kam zur angegebenen Zeit und vertiefte sich sofort in die Arbeit. Sie tat, als wäre nichts gewesen.

Vielleicht war ja auch wirklich nichts gewesen. Was war denn überhaupt passiert? Er hatte sie auf die Nase geküsst. Hatte ihre Hand in seine Tasche geschoben. Das waren doch völlig brüderliche Gesten.

Sie arbeiteten viel. Jeden Tag mehr als acht Stunden. Lena empfand die Arbeitslast, wie ein Astronaut auf dem Flug. Am Ende des Tages hatte sie Schüttelfrost. Sie wurde blass. Aber sie beschwerte sich nicht. Wenn Alexander so arbeitete, dann musste sie das auch. Aber war das überhaupt nötig? Alexander brauchte es am allerwenigsten. Für ihn war das nur ein Zubrot.

Das Drehbuch war schließlich fertig. Der letzte Punkt war gesetzt.

Die ganze Familie stand im Korridor, um Lena zu verabschieden. Jetzt würde sie gehen – und die Familie würde ihre Reihen schließen. Nur die engste Familie würde bleiben, und sie würden sich um den Tisch setzen und über Iwanuschkas Gesundheit und Wachstum reden. Und das war viel wichtiger als alle Drehbücher mitsamt ihrem hohen Honorar.

Lena knöpfte ihren Mantel zu. Vera tat sie mit einem Mal leid. Sie war so jung und ackerte wie ein Pferd, nur um ihre Familie durchzubringen.

»Bring sie nach Hause«, sagte Vera zu Alexander. »Dort

unten am Eingang stehen immer Besoffene rum. Sonst wird sie noch belästigt.«

»Was denn für Besoffene?«, fragte Margo begriffsstutzig. »Ich bin vor kurzem erst hochgekommen, da war niemand.«

Aber Alexander hatte schon den Mantel angezogen.

Sie gingen zwei Haltestellen zu Fuß. Schweigend. Worüber sollten sie reden?

Lena wurde bewusst, dass sie ihn am nächsten Tag nicht sehen würde. Und auch am übernächsten nicht. Und dann würde er irgendwo hinfahren, um mit irgendwem sein eigenes Drehbuch zu schreiben. Er würde das Drehbuch verfilmen. Und dann würde er wieder einen Preis gewinnen. Die Großen hatten so ihre eigenen Schaffenszyklen.

Und Lena würde nun ihr eigenes Leben wiederaufnehmen, das einem nie endenden Herbst mit bleischwerem Himmel gleichen würde.

Sie waren beim Nogina-Platz angelangt. Sie blieben neben dem Denkmal stehen, das einer Uhr ähnelte. Auf dem Denkmal war eine Inschrift, die mit goldenen Lettern gesetzt war: »Den Grenadieren von den Genossen.«

»Tolle Inschrift«, sagte Alexander.

»Ja …«, sagte Lena.

Er machte einen Schritt auf sie zu, sein Gesicht näherte sich dem ihren. Sie legte die Hand auf seinen Hals. Und sie küssten sich, leicht zuerst und oberflächlich, aber dann erstarrten sie in einem nicht enden wollenden, bodenlosen Kuss.

Dieser Kuss hätte ein Anfang sein können. Aber er war ein Schlusspunkt.

Alexander vergrub sich in ein neues Projekt. Für ihn hieß Arbeit – schöpferisch sein. Schöpferisch sein – das ist der Instinkt, Lebensimpulse weiterzugeben. Und dieser Instinkt ist eine mächtige Sache. Er bringt die Vögel dazu, um die Welt zu fliegen, bis ihnen die Flügel weh tun.

Vera atmete auf. Es war vorbei.

Diese Studentin war ja an und für sich nicht gefährlich gewesen, aber die gemeinsame Arbeit... Die Talente sind bei allen Künstlern verschieden, so wie die Künstler selbst. Einer betrachtet vielleicht ganz egoistisch seinen Nabel, und das wird unerwartet interessant für andere Menschen, weil alle Nabel in etwa gleich sind.

Ein anderer Künstler spielt mit dem Publikum, er gibt alles, um Tante Manja in der dritten Reihe zu gefallen und sie zum Lachen zu bringen. Und das ist auch in Ordnung, denn die unkomplizierte Tante Manja, die einfach lachen will, steckt doch in jedem von uns.

Alexander und Lena schauten in dieselbe Richtung, lachten über dieselben Dinge. Sie stimmten überein in dem, was ihnen gefiel oder nicht gefiel. Die magnetischen Felder ihrer Seelen waren identisch ausgerichtet. Und das war gefährlich. Denn sie waren füreinander interessant. Sie hatten sich jede Minute etwas zu sagen.

Aber – es war vorübergegangen.

Jeder der beiden hatte sein eigenes Leben. Und sie waren auseinandergegangen, jeder in sein eigenes Leben hinein.

Ein halbes Jahr verging.

Lena war unterdessen in ein anderes Stadtviertel gezogen. Sie hatte ihre Wohnsituation verbessern können. Vorher hatte sie eine Einzimmerwohnung im Zentrum gehabt, siebzehn Minuten vom Kreml entfernt. Nun hatte sie drei Zimmer, aber in einem Vorort, nahe dem Dorf Busujewo.

Moskau dehnte sich nach allen Seiten aus. An Stelle der alten Holzhäuser baute man vielstöckige Wohntürme. Sie standen in der Gegend wie hochkant aufgestellte, riesige Streichholzschachteln und ihre Fenster leuchteten ins Dunkel des Kosmos hinein.

Lena lebte zwar noch in Moskau, aber sie fühlte sich, als wäre sie auf den Mond gezogen. Es gab noch kein Telefon. Keinerlei Verbindung mit der Zivilisation. Das Leben vorher, in dem Alexander wie eine Sonne geleuchtet hatte, war weit weg, hatte sich aufgelöst im Dunkel des Dorfes Busujewo. Es blieben nichts als abgeholzte Birken, die durch rostige Eisenkonstruktionen ersetzt wurden, der weite Raum und die Sehnsucht.

Eines Tages lief Lena über die unbebaute Fläche zur Bushaltestelle. Ein Wind wehte, der Schneeflocken mit sich trug. Sie kam sich vor wie ein finnischer Partisan auf dem Weg zum Einsatz. Wozu sonst diesem unwegsamen Gelände und diesem Wind trotzen?

Lena blieb stehen und fing an zu weinen. Alexander... Der Wunsch, ihn anzurufen, quälte sie, aber sie rief nicht an. Sie wollte sich nicht aufdrängen.

Wozu auch anrufen? Was sollte sie schon sagen? ›Ruf mich zu dir...‹ Und er würde sagen: ›Wohin soll ich dich denn rufen? Ich habe einen Co-Autor, und ich habe Vera. Alle Plätze sind besetzt.‹

Alexander hatte ein Drehbuch beendet und beschloss, eine szenische Lesung zu veranstalten. Er wollte den Text laut hören. Er wollte ihn an Zuhörern ausprobieren, um selbst zu begreifen, wo die Schwachstellen waren und wo es hinhaute.

Alexander rief Lena an. Eine unbekannte Stimme sagte, dass Lena nicht da sei, dass sie nicht mehr hier wohne.

»Und wo wohnt sie jetzt?«, fragte Alexander verwundert.

»Keine Ahnung«, sagte die Stimme.

Alexander war verstört. Er hatte nicht damit gerechnet, dass Lena spurlos aus seinem Leben verschwinden könnte. Wo gab's denn so was? Sie war gerade noch da gewesen, hatte jedes seiner Worte aufgefangen – und plötzlich war sie wie vom Erdboden verschluckt.

»Vera!«, rief Alexander. »Du musst Lena finden!«

Vera rief ein paar Bekannte an. Aber niemand wusste etwas. Sie war umgezogen. Aber die neue Telefonnummer hatte keiner und die Adresse auch nicht. Also konnte man ihr auch kein Telegramm schicken.

Vera rief bei den Drehbuchkursen an. Auch da kannte man ihre neue Adresse nicht.

»Wo ist bloß Lena?«, insistierte Alexander immer wieder.

Veras Gedanken überstürzten sich. Sie wollte ihrem Mann ja gern einen Gefallen tun. Und wenn er Lena über seine eigene Frau suchte, dann war ja alles im grünen Bereich.

»Sie ist wie vom Erdboden verschluckt, deine Lena, die hat sich wohl in Luft aufgelöst«, verkündete Vera.

»Dan muss ich sie eben selbst suchen«, sagte Alexander drohend.

Wenn er selbst suchte, war das gleich was anderes. Vera

erschrak, setzte sich nochmals ans Telefon und rief halb Moskau an.

Alexander blieb stur. Lena war unerlässlich für die szenische Lesung. Sie könnte etwas hinzufügen, etwas aussortieren. Sie könnte einfach an den gelungenen Stellen kichern, und diesem Kichern würde er folgen, wie Hänsel und Gretel den heimlich gestreuten Steinchen. Im Glanz ihrer Augen, im Klang ihres Lachens kam sich Alexander groß und stark vor. Da war er der tolle Kerl. Und ohne Lena war er einfach ein Säufer und ein Kerl, praktisch ohne Ehefrau, dafür aber mit zwei Müttern.

In dieser Zeit schrieb Lena an einer Erzählung.

Man musste ja leben und arbeiten. Man konnte ja nicht endlos Tränen vergießen.

Die Erzählung war gelungen, aber vielleicht war sie auch nicht gelungen. Sie musste sich unbedingt mit jemandem darüber austauschen.

Lena rief einen Schriftsteller an, den sie kannte, und bat ihn, ihre Erzählung zu lesen. Der Schriftsteller – ein Lakai im Dienst der Partei, in der Blüte seiner Jahre – schlug ihr vor, zu ihm nach Hause zu kommen. Lena überlegte. Sie wollte nicht zu ihm fahren, aber er konnte den Text ja auch nicht auf der Straße lesen. Zu sich konnte sie ihn auch nicht bitten. Wer will schon ans Ende der Welt fahren? Und überhaupt, wer brauchte hier wen? Sie wollte ja schließlich, dass er ihre Erzählung las, also musste sie wohl auf seine Bedingungen eingehen.

Lena fuhr zu dem Schriftsteller. Er war allein zu Hause.

»Und wo ist deine Frau?«, fragte Lena.

Sie wusste, dass der Schriftsteller mit einer gewissen Ljuda verheiratet war.

»Ljuda macht eine Abtreibung«, sagte der Schriftsteller und nahm eine Flasche Wodka aus dem Kühlschrank. »Sie kommt morgen nach Hause. – Willst du was zu essen dazu?«

»Ich trinke nichts.«

»Wieso denn nicht?«, fragte der Schriftsteller verständnislos. »Wie sollen wir dann bumsen?«

»Was?!« Lena traute ihren Ohren nicht.

»Na bumsen, wie soll das denn gehen ohne Doping?«

»Deine Frau leidet also deinetwegen, windet sich vor Schmerz im Krankenhaus, und du nutzt die Gunst der Stunde?«

»Was ist denn jetzt los?«, fragte der Schriftsteller verwundert.

»Dass du ein Schwein bist, das ist los«, erklärte Lena.

»Kapier ich nicht ...«

»Ich werde nicht mit dir bumsen. Und trinken werde ich auch nichts.«

Der Schriftsteller schwieg einen Moment, dann fragte er: »Wieso bist du dann gekommen?«

»Ich habe die Erzählung dabei. Du hattest versprochen, sie zu lesen.«

»Ach so. Na gut, gib her ...«

Der Schriftsteller nahm das Manuskript und ging ins andere Zimmer. Er setzte sich an den Schreibtisch und begann zu lesen. Sein Rücken drückte aus, wie gekränkt er war. Er saß irgendwie schief da, hielt die Hand an die Stirn. Und es war unklar, ob er die Erzählung wirklich las oder nur beleidigt so tat.

Lena fühlte sich mit einem Mal unendlich einsam, wie vor ihrer eigenen Hinrichtung. Sie war mutterseelenallein mit dem Bösen. Die ganze Welt war voll von diesen männlichen Parteisklaven, denen nichts heilig war.

Auf dem Zeitungstischchen stand ein Telefon. Völlig unerwartet für sie selbst wählte Lena sieben Ziffern. Es war Alexanders Telefonnummer. Sie musste sich an seiner Stimme festhalten wie an einer Sicherheitsleine, damit sie nicht im Sumpf versank.

Vera nahm ab.

»Hier ist Lena«, sagte Lena mit heiserer Stimme.

»Oh! Ach!«, rief Vera. »Und wir suchen dich überall. Ich gebe dir gleich Sascha. Sascha!« – Vera schrie so aufgeregt und laut, als hätte sie jemand mit einer Gabel aufgespießt. »Es ist Lena … Lena … Sie … Warte … ich geb ihn dir gleich … da …«

Lena begriff überhaupt nichts. Wieso diese Freude, diese Ungeduld?

Alexander ergriff den Hörer. Lena erkannte seine Stimme nicht. Es war, als hätte jemand die Festigkeit aus seiner Stimme herausgezogen, sie klang jetzt süßlich, ja klebrig wie Sirup.

»Ja … a … a …«

Dieses ›a‹ war langgezogen wie eine Liebeserklärung. Und Lena spürte Liebe, Freude und Erwartung.

»Ich hab ein Drehbuch beendet«, verkündete Alexander. »Am Samstag ist szenische Lesung. Um eins. Kommst du?«

Da fragte er noch!

»Wann ist Samstag?«, fragte Lena verwirrt.

»Na, morgen. Was hast du denn?«

»Um ein Uhr mittags«, wiederholte Lena.

»Wo bist du überhaupt?«

»Sag ich dir später.« Lena legte auf.

Der Sklavenschriftsteller trat ins Zimmer. Er hatte schon alles gelesen und war sogar bereit, ihr eine Empfehlung zu schreiben.

»Du schreibst sehr dicht«, sagte er. »Wenn du es mehr auseinanderziehst, bekommst du vielleicht eine ganze Novelle. Oder sogar einen Roman.«

Lena interessierte seine Meinung schon nicht mehr. Jedenfalls, fast nicht mehr. Wie konnte ein sittenloser Mensch ein guter Schriftsteller sein? Das Werk ist doch ein Selbstausdruck. Und was konnte der da schon ausdrücken?

»Danke, Sascha«, sagte Lena.

Der Schriftsteller hieß ebenfalls Alexander. Der Name war derselbe, aber was für ein Unterschied …

Bis zum Samstag blieben weniger als vierundzwanzig Stunden.

Lena setzte sich in einen Sessel und nahm einen Knäuel schwarzer Mohairwolle und eine dicke Häkelnadel und häkelte sich eine Mütze, die wie ein Helm aussah.

Das dauerte sechs Stunden. Der Rücken tat ihr weh, aber die Mütze war genau so geworden, wie sie es sich vorgestellt hatte.

Am nächsten Tag klingelte sie genau um ein Uhr an der vertrauten Tür. Das Herz schlug ihr bis zum Halse.

Es öffnete Vera – die immerselbe Vera, im abgewetzten Hauskittel, mit offenem Gesicht und kindlicher Gutgläubigkeit.

Margo war ebenfalls wie immer – mit demselben einwandfreien teuren Haarschnitt, straffer Figur und verhaltenem Wohlwollen.

Wohlwollen, das ist auch eine Form von Intelligenz. Margos Intelligenz hatte sich über viele Generationen entwickelt: Ihre Mutter war eine Adlige gewesen. Die innere Klasse wurde wie bei einer Stafette weitergereicht. Man sah sie bei Margo und auch bei Alexander. Sie standen da und lächelten, warmherzig und ein bisschen durcheinander. Die Linie von der Nase zur Wange war bei ihnen beiden speziell, nur ihnen eigen und ganz wunderbar.

Lena stand da und war geblendet von ihrer Gegenwart. Alle waren wirklich da, sogar der Kater Mursik. Sie setzten sich, um den Text des Drehbuchs zu hören. Margo las vor. Alexander sah die ganze Zeit zu Lena.

Lena verzog das Gesicht, die Brauen, die Lippen, sie mimte höchste Aufmerksamkeit. Aber sie mochte es nicht, wenn man ihr etwas vorlas. Sie musste den Text unbedingt selbst lesen, damit sie abschweifen, über etwas nachdenken konnte. Aber hier war Abschweifen unmöglich. Man musste zuhören, sonst verlor man den Faden.

Das Drehbuch war bis zur letzten Seite vorgelesen worden. Ob es gut oder schlecht war, konnte Lena nicht sagen.

»Na, was sagst du?«, fragte Alexander.

»Es ist so gut, dass es geradezu furchterregend ist«, log Lena.

Alexander glaubte es. Er wollte es glauben, darum glaubte er es.

Sie setzten sich zum Mittagessen. Das Essen war wie immer exklusiv und perfekt, wie alles in diesem Hause. Lena stand im Mittelpunkt der Aufmerksamkeit.

Sie verstand plötzlich ihre Rolle: Sie war eine Freundin der Familie. Das war nicht wenig, sofern man nicht nach Liebe trachtete.

Dann gingen alle auseinander.

»Ich begleite dich«, schlug Alexander vor.

Sie traten hinaus auf die Straße. Alexander hielt ein Taxi an.

»Ich wohne weit weg«, warnte Lena.

»Das macht nichts«, winkte Alexander ab. Es war eine Geste voller Großzügigkeit.

Lena nannte die Adresse. Der Taxifahrer wendete, und sie fuhren los.

Alexander schwieg. Er dachte an etwas. Vermutlich an sein Drehbuch.

Vierzig Minuten später hielt das Taxi vor dem einsam leuchtenden Hochhaus. Die Tage waren jetzt kurz. Es wurde schon früh dunkel. Alexander betrachtete die armselige Landschaft. Halb war das Kaluga, halb die Stadt Schewtschenko in der kasachischen Steppe ... Aber Alexander war ein taktvoller Mensch. Er sagte: »Wie in Amerika ...«

Vermutlich hatte er die Hochhäuser mit den glitzernden Lichtern im Kopf, die er bei seinen Reisen, mal hier, mal da, gesehen hatte ... Er schonte Lenas Selbstachtung. Und sie schätzte das.

»Ich komme gleich zurück«, sagte er zu dem Taxifahrer.

Er ging mit Lena zum Treppenaufgang. Als sie das Treppenhaus betraten, umarmte er sie sofort und begann sie zu küssen.

Dann lehnte er sie an die Wand und begann ihren Mantel

aufzuknöpfen. Sie begriff nicht gleich, was er wollte. Aber dann verstand sie und schüttelte seine Hände ab: »Hör auf.«

»Warum? Willst du mich denn nicht?«, fragte Alexander verwundert.

»Doch nicht im Treppenhaus ...«

»Was spielt das für eine Rolle?«

»Eine sehr große. Wir sind doch keine Katzen.«

Alexander schwieg. Er kam langsam zu sich. Da sagte er finster: »Du bist nicht fähig, den Kopf zu verlieren. Bei dir ist immer alles schön geordnet.«

Er drehte sich um und ging. Die Tür knallte zu.

Lena ging zu Fuß in den fünften Stock hinauf. Sie trat in ihre Wohnung.

Im Inneren der Wohnung spielte sich ein eigenes Leben ab: Ein kleines Mädchen klingelte mit einem Glöckchen, eine Kinderfrau brummte vor sich hin, der Fernseher lief.

›Mein Haus ist meine Festung‹, dachte Lena.

Sie hätte ja nicht zu der szenischen Lesung gehen brauchen.

Aber er hatte gesagt: »Komm.« Und sie war gekommen. Sie war Alexander gegenüber wie ein Kaninchen vor der Schlange: Folgsam kroch sie in den Rachen, und es kam ihr gar nicht in den Sinn, dass sie auch hätte zur Seite springen können, wegrennen, sich in Sicherheit bringen.

›Ich renne weg und rette mich‹, dachte Lena. Und dann dachte sie: ›Niemand wird dir nachrennen, niemand dich einfangen...‹

Sie musste ihr eigenes Leben weiterleben, das so armselig war wie die Einöde vor ihrem Fenster. Obwohl, wieso eigentlich armselig? In ihrem Leben gab es ein Heim – ihre

Festung, in der sie sicher war. Sie war jung, also hatte sie noch eine lange Zukunft. Und was konnte schöner sein, als zu leben und zu arbeiten?

Lenas dreißigster Geburtstag nahte.

Sie dachten lange darüber nach, wo sie das Ereignis feiern wollten, zu Hause oder in einem Restaurant, wie viele Leute sie einladen wollten und wie viel Geld ausgeben.

Aus Kiew kamen die Eltern ihres Mannes: Sjoma und Rufa – ein goldiges Paar. Sie waren wie ein Papageienmännchen und -weibchen, man konnte sie kaum auseinanderhalten.

Sjoma war kräftig, aber nicht dick, sondern, wie man in Kiew sagte, *nabutzkannij*, was so viel hieß wie muskelbepackt. Rufa hatte Kurven. Abgesehen vom Gesicht wäre sie für ein junges Mädchen durchgegangen. Sie trug immer hohe Absätze und hatte manikürte Hände. Lena verstand nicht, wozu sie so was brauchte, in ihrem Alter. Wer sah sie schon an, außer Sjoma? Und nicht mal Sjoma sah sie an.

Für Sergej – so hieß Lenas Mann – war es sehr wichtig, bei seinen Eltern einen guten Eindruck zu machen. Vor seinen Eltern musste alles picobello sein: Lena und Sergej waren das verliebte Paar, vereint und Seite an Seite wie Philemon und Baucis, obwohl niemand in der Familie diese Leute – Philemon und Baucis – überhaupt kannte. Nicht mal Sergej kannte sie. Er war nämlich Techniker. Er konnte ein Flugzeug eigenhändig auseinander- und wieder zusammenbauen.

Sie beschlossen, zu Hause zu feiern. Das war billiger, wenn auch stressiger. Dafür hatte man am nächsten Tag noch etwas zu essen, und vielleicht sogar am übernächsten.

Um den Tisch passten zwölf Leute. Also konnten sie noch sechs einladen. Lenas Eltern, und zwei Freundinnen mit Mann.

»Und niemand Überflüssigen«, sagte Sergej.

»Was brauchen wir fremde Leute«, bekräftigte Rufa.

Lena war es gleichgültig. Dreißig Jahre, das war, so kam es ihr vor, das Ende der Jugend. Der Beginn der Reife. Und nach der Reife kam die Überreife, und weiter wollte man lieber gar nicht denken.

Tief im Inneren war Lena traurig, es war wie ein Schatten auf der Lunge. Was bedeutete dieser Schatten? Vielleicht nichts Ernstes, vielleicht aber auch der Anfang des Endes. Diese Trauer trug einen Namen: Alexander.

Sie bemühte sich um Ablenkung. Sie flitzte in verschiedenste Geschäfte, um Lebensmittel einzukaufen. Sie erstand lebende Karpfen, eine Lammkeule, roten Kaviar, Kalbsleber. In jener Zeit des sogenannten ›entwickelten Sozialismus‹ verwendete man das Wort ›kaufen‹ fast gar nicht. ›Erstehen‹ war das damals angemessene Wort.

Rufa, die Lena nach Kiewer Brauch ›Mama‹ nennen sollte, vollbrachte wahre Wunder. Der Pastete fügte sie einen Löffel Kognak hinzu. Die Karpfen verarbeitete sie zu Ragout, sie zog die Haut ab und schnitt sie ganz klein.

»Wozu?«, fragte Lena. »Im Magen vermischt sich doch sowieso alles.«

»Du verstehst auch gar nichts«, sagte Rufa hochnäsig. Und das stimmte. Im Haushalt war Lena eine komplette Null.

Rufa fand sich mit diesem Mangel nur deshalb ab, weil Lena viel arbeitete und Geld ins Haus brachte.

Aber im Grunde ihres Herzens hätte sie ihrem Sohn eine

andere Frau gewünscht, so eine wie sie selbst: ganz und gar häuslich. Keinerlei Interessen außerhalb.

Für Lena dagegen war das Heim nur ein Flugplatz. Ihr Flugzeug landete, um zu verschnaufen, Benzin zu tanken, und schon ging's auf zum nächsten Flug. Sie liebte die Höhe. Was ja eher ein männlicher Charakterzug war. Aber Rufa mischte sich da nicht ein. Ihrem Sohn gefielen nun mal die, die zu Hause blieben, nicht, solche, die die Herde hüteten, mit dem Glöckchen klingelten. Sergej gefielen die guten Mädchen nicht, ihm gefielen die schlechten Mädchen.

Es kam der Tag der Feier, besser gesagt, der Abend.

Alle hatten sich feingemacht, sich gesetzt, sich in gute Stimmung gebracht. Vom Tisch stiegen göttliche Düfte auf, die die Geschmacksnerven reizten. Das Festmahl würde köstlich werden. Niemand hatte mittags etwas gegessen.

Den ersten Trinkspruch sprach Sergej aus. Es war ein Toast voller Dankbarkeit gegenüber Lena. Er sagte: »Du hast mir eine Tochter geschenkt, gibst mir Liebe und Treue …«

Alle waren hungrig wie die Schakale und stürzten sich auch genau so auf das Essen. Nicht ein einziges Gericht war auf die Schnelle zubereitet worden oder mal eben hingeschludert. Jedes einzelne Gericht war eine komplizierte Komposition, wie in China.

Nach einiger Zeit vergaßen alle die Trinksprüche. Das Essen ist eine der größten Lüste. Vielleicht ist es sogar die größte Lust, denn es unterstützt und fördert ja das Leben. Und die Natur weiß schon, was sie tut.

Es folgte ein Trinkspruch auf Lenas Mama. Lenas Mutter saß da und sagte nichts. Sie fürchtete, etwas Überflüssiges zu sagen. Und das zu Recht. Wenn Lenas Mutter den Mund aufmachte und loslegte – dann war es immer etwas Überflüssiges, etwas, was gerade nicht passte.

Sie tranken auf Lenas Mutter. Dann kam ein Trinkspruch auf Sergejs Eltern. Da klingelte das Telefon.

Lena schlüpfte leise von ihrem Platz und ging in den Flur. Sie nahm den Hörer ab. Sie hörte Margos heisere Stimme: »Lena, ich rufe Sie im Auftrag von Alexander an. Er konnte Sie selbst nicht erreichen. Er ist im Restaurant Ukraina und bittet Sie, zu kommen. Natürlich nur, wenn Sie gerade können …«

Lena war schon leicht angeheitert. Margos Stimme klang in ihren Ohren wie Musik.

»Ich habe verstanden«, sagte Lena. »Und wo ist das Restaurant Ukraina?«

»Dort, wo auch das Hotel Ukraina ist. An der Uferstraße Taras Schewtschenko. Gegenüber vom Kiewer Bahnhof.«

»Lena!«, riefen ihre Gäste. »Lass uns nicht warten!«

Lena legte auf, nahm den Mantel vom Haken und verließ die Wohnung.

Die Gäste dachten, Lena sei mal kurz zur Toilette. Sie würde gleich wiederkommen, und alles ginge weiter. Sie hatten noch die Hammelkeule vor sich, mit viel Knoblauch geschmort. Die Napoleon-Torte, die Sergejs Mama gebacken hatte, und Tee mit Waldbeerenkonfitüre.

Vor dem Hotel Ukraina stieg Lena aus dem Taxi.

Das Restaurant war im Parterre. Die Fenster gingen zur Straße.

Lena ging an den Fenstern vorbei und sah plötzlich Alexander. Er saß mit geradem Rücken da und hörte wohl jemandem zu. Er war ganz ruhig, schön und gutmütig. Was für ein Glück es wäre, Ellbogen an Ellbogen neben ihm sitzen zu dürfen und als zu ihm gehörig betrachtet zu werden. Einfach neben ihm zu sein. Dann müsste sie keinerlei Karriere machen, könnte einfach nur bei ihm sein. Das wäre die ganze Karriere. Aber bei ihm war schon Vera. Obwohl Vera nicht wirklich bei ihm war. Sie lebte für sich allein. Oder besser gesagt, er lebte für sich allein. Der Platz neben ihm war frei. Lena spürte das.

Sie hob ein Steinchen vom Boden auf und warf es ans Fenster. Es traf. Alexander drehte sich um und näherte sein Gesicht der Scheibe, er spähte hinaus. Dann sah er Lena. Eilig stand er auf und ging vom Tisch.

Er kam auf die Straße, schnell und zielstrebig, und auf Lena zu.

»Was tust du hier?«, fragte er verwundert.

Was konnte eine junge Frau vor den Fenstern eines Hotels schon tun, wenn sie keine Prostituierte war … Alexander sah Lena mit weit offenen Augen an. Ihr wurde klar: Margo hatte gelogen. Alexander hatte Lena gar nicht eingeladen. Es war Margos Idee gewesen. Sie hatte beschlossen, Alexander den Abend im Restaurant zu versüßen, und hatte Lena dorthin beordert.

»Deine Mutter hat gesagt, dass du hier bist. Ich dachte, vielleicht freut es dich, wenn ich komme …«

»Es freut mich sogar sehr«, sagte Alexander aufrichtig.

Er nahm sie bei der Hand und führte sie hinein.

Sie setzten sich an einen großen Tisch. Um sie herum waren irgendwelche Leute, hauptsächlich Männer, Freunde von Alexander und Freunde der Freunde. Lena schaute sie nicht genau an und erinnerte sich später nicht an sie. Ihr fiel nur einer auf, ein kurzatmiger Dicker, dem ein Bein fehlte. Neben dem Tisch standen seine Krücken.

Die einzige Frau am Tisch war eine Prostituierte. Irgendwie konnte man das sehen. Alles in allem sah sie eher dörflich aus, hatte breite Hüften und kurze Beine, ein rundes Gesicht, ein Doppelkinn fast wie ein Kuheuter. Sie war die ganze Zeit ein bisschen beleidigt und nannte den Einbeinigen »du Ekel«. Offensichtlich war sie sein ganz spezielles Mädchen.

Lena beteiligte sich nicht an den Gesprächen, sie hörte nicht mal richtig hin.

Wie hatte sie nur den Familientisch verlassen können für diese zusammengewürfelte Gesellschaft, diese Versammlung von Schwätzern? Aber das sollte ihr erst später klarwerden. Später, viele Jahre später, würde sie vor Scham vergehen bei der Erinnerung an diesen Abend. Aber jetzt …

Jetzt saß sie Seite an Seite mit Alexander und galt als zu ihm gehörig. Auch wenn es nur auf Zeit war. Von seiner Wange ging Wärme aus. Von seinem Ellbogen sprangen Funken. Sie hatten ein gemeinsames elektrisches System, eine gemeinsame Chemie.

Lena war genau an ihrem Platz, jedenfalls empfand sie es so: Hier war ihr Platz im Leben, Ellbogen an Ellbogen mit ihm.

Manchmal fragte sie etwas, wobei sie sich vorbeugte. Die Wärme, die von seiner Wange ausging, wurde intensiver. Es war wie ein Märchen …

Das Restaurant schloss.

Der Kellner brachte die Rechnung. Die anderen wollten Alexander nicht erlauben zu bezahlen, aber er hörte nicht auf sie. Dann verließen sie den Saal. Der Einbeinige bewegte sich geschickt auf seinen Krücken. Die Prostituierte wollte die ganze Zeit etwas von ihm, mal Schokolade, mal Champagner. Aber man beachtete sie nicht weiter.

Alexander war mit dem Auto gekommen. Sie stiegen ein.

Alexander hatte es nicht eilig loszufahren.

»Wie gut, dass ich Lena habe«, sagte er erstaunt, als habe er das eben erst entdeckt.

Sie schwieg einen Moment. Er hatte es erst jetzt begriffen. Und sie quälte sich schon ein ganzes Jahr, wurde fast verrückt vor unerwiderter Liebe.

Sie fuhren schweigend dahin. An der Straße tauchte eine schöne kleine Kirche auf. Alexander bog auf den Weg zur Kirche ein. Er stellte den Motor ab.

Dann drehte er sich zu Lena und schaute sie wortlos an.

Und die Erde drehte sich langsam um ihre eigene Achse.

»Noch nie habe ich jemanden so lange und so stark geliebt«, eröffnete ihr Alexander.

Er sagte nicht: ›Ich liebe dich.‹ Das verstand sich von selbst. ›Ich liebe dich ... Und das zeigte sich an der Zeit, die es übersteht.‹

Lena kam gegen Morgengrauen nach Hause.

Sie hatte den Schlüssel vergessen. Sie musste klingeln.

Sergej öffnete sofort. Er hatte nicht geschlafen. Schweigend stand er Lena gegenüber.

»Man hat mich zu Nachtaufnahmen gerufen«, sagte sie.

»Wieso?«

»Es wurde nachts gedreht. Was ist daran unklar? Tagsüber ist viel Verkehr, und viele Leute rennen herum. Und nachts sind die Straßen frei.«

»Und was hast du damit zu tun?«

»Ich musste schnell ein paar Dialoge umschreiben.«

Sergej glaubte es, weil er selbst nie log.

»Und wieso bist du weggegangen, ohne etwas zu sagen?«

»Ich hatte keine Wahl. Ich konnte nicht nicht hinfahren.«

Das war die Wahrheit. Alexander hatte gepfiffen, und sie war angerannt gekommen wie ein Hund. Sie hätte nicht nicht hinfahren können.

Lena legte den Mantel ab.

Sergej näherte sein Gesicht dem ihren und schnüffelte. Er versuchte, fremde Gerüche zu erspüren, aber er fing nichts auf, denn ihn selbst umwehte eine Alkoholfahne.

Lena ging zum Tisch und begann unbekümmert zu essen. Sie hatte einen Mordshunger.

Sie wunderte sich über sich selbst, wie leicht sie gelogen hatte. Sie hätte natürlich auch nicht lügen können. Hätte die Wahrheit sagen können: ›Ich habe mich verliebt.‹ Aber das hieße A sagen. Dann müsste man auch B sagen: ›Ich habe mich verliebt – und ich werde dich verlassen.‹ Oder: ›Aber ich werde dich nicht verlassen. Es ruft mich niemand zu sich. Also bleibe ich. Und wenn ich bleibe, dann ist nichts Wesentliches passiert.‹

Doch es gab eine dritte Variante: von niemandem abhängig sein. Ins Nichts verschwinden, in stolzer Einsamkeit verweilen, sich sozusagen ans Meer setzen und das Wetter abwarten. Aber war es nicht besser, im eigenen Heim ein glückliches

Kind zu sehen, einen ruhigen Ehemann mit vertrautem Geruch, und selbst ruhig zu sein? Das war auch eine Art Liebe. In ihr lag kein Feuer, aber dafür Ruhe und Sicherheit, was das Morgen anbetraf. Die Arbeit war zu Ende, sie kam nach Hause. Alles ging auf.

Sergej betrachtete ihren Rücken und beruhigte sich. Da hatte jemand gearbeitet und war hungrig. Kam nach Hause und aß sich satt.

Sergej ging in den Flur und rief seine Mutter an, die bei Verwandten übernachtete. Lena hörte ihn sagen:

»Sie war auf der Arbeit. Nachtaufnahmen. – Dazu hat sie kein Recht. Steht alles in ihrem Vertrag.«

Seine Mutter glaubte es und glaubte es auch nicht. Aber was konnte sie tun? Höchstens Mandelplätzchen backen.

Alexander fuhr in eine andere Stadt, um Filmaufnahmen zu machen. Und sie hörte nichts von ihm.

Sein Satz: ›Noch nie habe ich jemanden so lange und so stark geliebt‹, hätte ein Anfang sein können. Aber er lag am Boden und blieb da.

Alexander vergaß Lena nicht. Ja, Lena war besser als Nelja und besser als alle. Aber was sollte er damit anfangen? Etwa Vera mit Iwanuschka verjagen und Lena und ihre Tochter ins Haus holen? Lenas Tochter war sicher ein liebes Mädchen, aber sie war ein fremdes Mädchen. Sie hatte ihren eigenen Papa und ihre Mama.

Besser alles so lassen, wie es war.

Alexander liebte seinen Sohn aus vollem Herzen. Und für Vera und Margo war der Junge zum einzigen Lebenssinn geworden.

Iwanuschka hatte sich in einen kleinen Gott verwandelt, umringt von Gläubigen. Alles in diesem Haus wurde für das Kind getan: Man arbeitete, sparte Geld, wurde berühmt, man bemühte sich um einen guten Ruf, damit Iwan einmal sagen könnte: »Ich bin aus einer guten Familie.«

Wo sollte Alexander denn hin? Die alten Eltern, die hilflose Vera, die ständig nur jammerte. Sie würde mit Iwan nicht fertig werden. Und wie konnte man auch ein Nest auseinanderreißen? Man musste doch der letzte Schuft sein, wenn man seine liebsten Menschen verließ, sie im Dunkeln allein ließ, und sich selbst in hochprozentigen Orgasmen hin und her wälzte …

Was war Liebe? Ein chemischer Prozess im Gehirn. Aber der eigene Sohn – das war ein ganzes Menschlein, mit Armen und Beinen, lebendig und warm.

Und Lena hatte ja ebenfalls Mann und Kind. Außerdem stellte sie auch selbst etwas dar, der liebe Gott hatte eine Diskette in sie eingelegt. Ihr stand ein langer, glänzender Zukunftsweg bevor. Und auf diesem Weg würde es weitere Begegnungen geben – gute und schlechte. So war das Leben.

Alexander fuhr zu seinen Filmaufnahmen und war verschwunden. Er ließ nichts von sich hören, war wie vom Erdboden verschluckt.

Lena war unterdessen beunruhigt. Wie würde der Film werden, dessen Drehbuch sie mit Alexander umgeschrieben hatte?

Das Drehbuch ist die Basis. Wie es in der Bibel heißt: »Am Anfang war das Wort.« Der Drehbuchautor ist für das Endergebnis verantwortlich.

Lena zog sich an und fuhr zu den Dreharbeiten.

Der Regisseur Nikolaj Iwanowitsch versuchte, die einzelnen Szenen nacheinander abzudrehen. Da stand er mittendrin, ein nicht mehr junger Mann mit angegrauten Schläfen, langweilig, gewöhnlich wie ein Wasserleitungsmonteur.

Die Schauspieler sprachen den Text, veränderten ihn, alles war uninspiriert und flach. Lena verstand das nicht: Warum veränderten sie etwas, was gut gewesen war, in etwas völlig mittelmäßiges? Mitten auf dem Set sprang die Ehefrau des Regisseurs herum und hielt ihm eine geschälte Apfelsine hin.

»Kolja, iss ein Apfelsinchen!«, bat sie ihn.

»Hören Sie, hier geht es jetzt nicht um Apfelsinchen«, drängte sich Lena vorsichtig ins Geschehen. »Was soll da eine Apfelsine? Die verpatzen hier sämtliche Dialoge. Sollen sie sich doch an den Text halten.«

»Bleiben Sie mir mit Ihrem Text vom Hals!«, sagte die Ehefrau bissig. »Mein Mann hat seit heute Morgen nichts gegessen. Er krepiert noch bei Ihrem blöden Film, und meine Kinder werden zu Waisen. – Kolja!«, rief sie wieder mit schriller Stimme.

Lena verstand, dass sie hier machtlos war.

Alexander, sein Arbeitszimmer, die Musik von John Lennon, das Glück des gemeinsamen Schaffens, all das wäre gar nicht nötig gewesen. Jetzt war nur noch die Realität übrig, wo niemand nichts konnte und alle auf alles spuckten.

»Koljetschka, komm, iss ein Apfelsinchen …«

Schließlich war der Film abgedreht.

Der Film wurde von der Zensurbehörde angeschaut – und weggesperrt. Warum? Für alle Fälle.

Die hochbezahlten Beamten der oberen Riege klebten an ihren Sesseln, sie hatten Angst, sie zu verlieren. Wenn dieser Film auf die Leinwand käme, könnte es Unannehmlichkeiten geben; vielleicht auch nicht, aber ein Risiko bestand.

Wenn man den Film dagegen wegschloss, konnte man beruhigt sein. Der Sessel unter dem Beamten würde nicht wackeln. Der Beamte saß bequem auf beiden Hinterbacken, bekam seine Sonderrationen und war sich des morgigen Tages sicher. Dass die ungeheure Arbeit einer großen Anzahl Menschen einfach durchgestrichen wurde, das störte niemanden.

Das Durchstreichen nannte man damals im Land ›ein Kreuz drüber machen‹.

Die Beamten machten schnell ›ein Kreuz‹ über die Arbeit, die Hoffnung, das Geld von vielen, und gingen dann frohgemut zum Mittagessen.

Noch eine Besonderheit jener Zeit war, dass man nie jemanden benachrichtigte. Niemand rief an, also konnte man sich auch nicht verteidigen, konnte nichts erklären. Plötzlich hörte man ein Gerücht. Jemand hatte irgendwo was gesagt … Und dann war wieder Stille. Wer hatte was gesagt? Und wo? Vielleicht in der Kantine, vielleicht auf der Toilette …

Lena ging ins Mosfilm-Studio. Die Redakteurin – duftend und glitschig wie ein Stück Import-Seife – sagte, während sie in den Spiegel ihrer Puderdose schaute: »Sieht so aus, als hätten sie deinen Film weggesperrt …«

Sie zog einen Lippenstift heraus und begann sich zu schminken.

»Wie das denn?«

Lena traute ihren Ohren nicht.

»Sie erklären nie, wieso und warum«, sagte die Redakteurin, wobei sie die Lippen verzog.

»Und was soll ich jetzt machen?«

»Nichts. Du kannst gar nichts machen. Das Leben geht weiter, du hast doch keinen Krebs …«

Sie war fertig mit dem Schminken und klappte den Deckel der Puderdose zu.

Lena sah verstört in ihr schönes, gepflegtes Gesicht.

Die Redakteurin war die Ehefrau eines Nomenklatura-Apparatschiks und ging nur zum Spaß arbeiten, bloß um nicht zu Hause zu sitzen.

Die Redakteurin warf ihr Schminkzeug in ihre Handtasche, stand auf und ging.

Lena trat an den Tisch. Völlig verstört wählte sie Alexanders Nummer. Ihr gemeinsames Drehbuch, die Frucht ihrer platonischen Liebe, wurde zynisch weggeworfen, weil es irgendwem nicht passte.

Vera ging an den Apparat.

»Alexander ist verreist«, sagte sie. »Vielleicht kann ich ihm was ausrichten?«

»Unser Film ist weggesperrt worden«, sagte Lena. »Was sollen wir tun?«

»Weinen und die Tränen mit der Faust wegwischen«, antwortete Vera.

In ihren Worten lag keinerlei Schadenfreude. Nur ihr realistischer Blick auf die Wirklichkeit.

Es waren die siebziger Jahre, die Hochblüte der Stagnation. Und solange die Sowjetmacht herrschte, würde alles so bleiben, wie es war: die Mittelmäßigkeit der Kunst genauso wie die ungestrafte Willkür der Beamten. Und es blieb einem nichts anderes übrig als zu weinen und die Tränen mit der Faust wegzuwischen.

Lena hörte auf, Drehbuchklassen zu unterrichten, und fing beim Fernsehen an. Ihre Stellung nannte sich ›fest angestellte Drehbuchautorin‹. Sie bekam Aufträge für Sendungen und musste diese Aufträge ausführen. Die Themen dieser Sendungen interessierten sie nur mäßig. Zum Beispiel John Reed. Der junge amerikanische Journalist, der während der Oktoberrevolution in Russland umherzog, verarmte und an Typhus starb. Es war aber auch nicht ganz ausgeschlossen, dass man ihn vergiftet und an der Kremlmauer begraben hatte, um Spuren zu verwischen.

Die Wahrheit über diesen John Reed interessierte niemanden. Gefragt war ein tendenziöses Machwerk über den Triumph der sozialistischen Ideen und darüber, dass John Reed sich mit Lenin getroffen hatte.

Lena konnte nicht auf Bestellung schreiben. Ihre Phantasie saß dann in einem Käfig, wie ein gefangener Vogel, der nicht singt. Sie wurde unbegabt, und das brachte sie fast um.

Lena schrieb eine erste Variante. Sie bekam sie mit Korrekturen zurück. Die Korrekturen stammten von ihrer Chefin, die eine energische Frau war – und Parteimitglied.

Lena hätte einschlafen können angesichts dieser Korrekturen, oder noch besser, einfach für viele Monate in einen trägen Dauerschlaf versinken, um nichts zu sehen und zu spüren. Um sie herum liefen uninteressante Menschen herum. Am Büfett lagen belegte Brötchen mit vertrocknetem Käse, schweres, fettiges Gebäck, und hartgekochte Eier erstickten unter Mayonnaise.

Nach Alexanders Wohnung kam es Lena vor, als sei sie in ein Gefangenenlager geraten. Alles um sie herum war schäbig, fremd und feindselig.

Zur selben Zeit ging es auch bei Alexander drunter und drüber. Er erkrankte an Gelbsucht, entweder hatte er sich irgendwo angesteckt oder er hatte zu viel getrunken. Oder beides, er hatte wohl schlechten Wodka getrunken.

Er wurde immer gelber. Sein Gesicht wurde beige-gelb wie Karton. Er musste die Filmaufnahmen unterbrechen und nach Moskau zurückkehren.

Vera kochte ihm Diätmahlzeiten, aber das reichte nicht. Alexander musste ins Krankenhaus.

Er ging ruhig und gefasst aus dem Haus, als würde er nur mal kurz zum Bäcker Brot holen gehen.

Margo brach in Tränen aus.

»Was hast du denn?«, fragte Alexander verwundert.

»Ins Kra-han-ken-haus ...«, schluchzte Margo.

»Na und?«, fragte er unbesorgt.

Alexander machte sich selbst Mut. Er wollte in keine Klinik. Er wäre gern zu Hause bei seiner Mutter und Vera geblieben. Nur da hatte er seine Ruhe und ging es ihm gut.

Vera und Margo begleiteten ihren Liebsten, als ginge er an die Front. Margo schluchzte, und Vera packte ihm sein Bündel, damit er nur ja nichts vergaß ...

Lena erfuhr die schlechte Neuigkeit von Margo.

Eines Abends klingelte das Telefon, und wie aus dem Weltall ertönte die unvergleichliche, heisere Stimme von

Margo: »Alexander ist im Krankenhaus. Es würde ihn freuen, wenn du ihn besuchen würdest …«

Margo verstand, dass sie ihrem Sohn dadurch, dass sie ihm Vera aufgedrängt hatte, Freiheit und Liebe genommen hatte. So bemühte sich Margo, ihm stückweise etwas von dem Verlust zu ersetzen. Lena passte genau für diese Rolle: Sie war ein bunter Flicken in seinem Lebensteppich. Lena würde keinen Anspruch auf das Ganze erheben. Sie hatte ihr eigenes Leben. Sie war ungefährlich. Ja, das war sie: einfach ein bunter Flicken.

»Wann?«, fragte Lena.

»Morgen früh. Um elf. Wenn du willst, können wir zusammen hinfahren.«

Für den nächsten Morgen um elf Uhr war eine Sitzung des künstlerischen Beirats anberaumt. Das John-Reed-Drehbuch samt Korrekturen würde diskutiert. Lenas Anwesenheit war unabdingbar. Aber was war das schon für ein künstlerischer Beirat … Zum Teufel mit diesem Drehbuch und mit dem ganzen Fernsehen.

Lena und Margo fuhren zum Botkinskij-Krankenhaus.

Alexander erwartete sie. Er schaute im vierten Stock aus dem geöffneten Fenster und trug über dem sich lichtenden Haar eine Mütze mit Ohrenklappen, um am Kopf nicht zu frieren.

Mit dieser Mütze, dem gestreiften Schlafanzug und dem bleichen blutleeren Gesicht sah er aus wie ein Häftling. Lena wunderte sich über seine Erscheinung. Das war ein ganz anderer Alexander, ohne Geheimnis und ohne inneres Feuer. Einfach ein Insasse, ein Bewohner einer Krankenanstalt.

Wenn man Mozart sein Talent weggenommen hätte, wäre nichts als ein ungezogener, unzuverlässiger Kerl übriggeblieben. Also war an den Genies die Hauptsache doch ihre Bestimmung und ihr Werk.

Margo betrachtete ihren Sohn, wobei sie den Kopf in den Nacken legen musste, und fing plötzlich an zu brummeln. Lena spitzte die Ohren und hörte: »Mein Kleiner, mein Katerchen, du Schätzchen, mein kleiner Goldfisch …«

»Was ist denn das?«, fragte Lena.

»Na, was wohl?«, fragte Margo verständnislos.

»Süßholzgeraspel wie bei einem Kleinkind. Er ist doch ein erwachsener Mann.«

»Für eine Mutter bleibt das Kind immer klein«, sagte Margo. »Das wirst du später mal verstehen.«

Lena und Margo gingen in den vierten Stock hinauf.

Alexander kam zu ihnen heraus auf den Treppenabsatz. Sein Gesicht war weiß wie ein Fischbauch.

Lena streckte ihm eine Tüte hin.

»Ich darf nichts essen«, sagte Alexander.

»Du kannst deine Nachbarn damit bewirten«, riet Margo.

Sie schwiegen einen Moment.

»Soll ich dir Bücher bringen?«, fragte Lena.

»Ich will jetzt lieber noch keinen Besuch. Ich fühle mich schlecht. Ich kann kaum aufrecht stehen.«

Lena begriff: Diese Worte bezogen sich eher auf sie als auf Margo. Alexander war gar nicht nach ihr.

Sie stand stumm da. Man hätte über irgendetwas reden müssen, oder weggehen.

Margo traten die Tränen in die Augen. Sie hatte Lena umsonst mitgebracht. Sie hatte sein Interesse am Leben wieder erwecken wollen, aber es hatte sich nur als zusätzliche Belastung entpuppt.

»Dann gehen wir wieder«, sagte Margo. »Was soll ich dir das nächste Mal mitbringen?«

»Mineralwasser«, sagte Alexander. »Eine ganze Kiste.«

»Ich sag es Vera«, versprach Margo.

Das war Veras Funktion: schwere Sachen anschleppen.

Lena flog beim Fernsehen raus.

Das Entlassungsgespräch wurde von ihrer Chefin geführt, der energischen Frau.

»Sie haben einen Hochmut, der auf nichts gegründet ist«, verkündete die Chefin. »Sie führen sich auf, als wären Sie George Sand. Und hinter Ihnen steht gar nichts, außer Sie selbst.«

»Ich bin besser als George Sand. Sie hatte keinen Humor, und ich habe welchen.«

»Ich brauche hier Ausführende, Arbeitspferde. Diven kann ich hier nicht brauchen«, erklärte die Chefin. »Also, suchen Sie sich Ihre Selbstbestätigung an einem anderen Ort.«

Einen anderen Ort hatte Lena nicht. Man hatte sie einfach auf die Straße geworfen.

»Ja, dann verzeihen Sie«, sagte Lena zum Abschied.

»Und Sie, verzeihen Sie mir auch«, antwortete die Chefin großzügig.

Es war ihr trotz allem unangenehm, eine Mitarbeiterin rauszuwerfen, jemanden einfach so vor die Tür zu setzen.

Aber der Allerhöchste hat für jeden Menschen seinen eigenen Plan. Und bevor er eine neue Tür öffnet, macht er eine alte zu.

Lena setzte sich hin und schrieb ein Buch.

Was für ein Glück, ohne Auftrag zu arbeiten! Was für ein Glück, nicht zur Arbeit zu gehen und nicht sehen zu müssen, wen man nicht sehen will. Nicht tun zu müssen, was man nicht tun will.

Sie lebten von Sergejs Lohn. Vier Personen von hundertachtzig Rubel.

Die Kinderfrau, Baba Polja, kochte Fleischsuppe mit Reis. Den Reis wusch sie nicht einmal. Lena sah, wie sich im Topf auf der Oberfläche dicker Schaum bildete.

Dann kam Nastja vom Kindergarten zurück. Sie setzten sie an den Tisch. Sie aß mit Begeisterung.

»Schmeckt es?«, fragte Lena misstrauisch.

Nastja ließ sich nicht von ihrem Teller ablenken, sie hob nur ihre kleine Faust, mit hochgestrecktem Daumen. Das war das höchste Lob.

Lena atmete auf. Sie schämte sich dafür, dass sie die ganze Zeit mit ihren weißen Blättern und ihren eigenen Gedanken beschäftigt war, anstatt ein normales Mittagessen zu kochen. Ihre arme Familie. Aber die weißen Blätter waren der Sinn ihres Lebens und ihre Art zu leben. Sie hielten sie zusammen, läuterten sie, ihnen beichtete sie. Sie konnte sich kein anderes Leben vorstellen. Was sollte man denn sonst tun? Worüber reden?

Lena schrieb ein Buch und trug es zu einem Verlag. Im Verlag wurde das Buch registriert, man sagte ihr, dass man es einem Rezensenten geben würde. So war der Gang der Dinge. Bücher wurden nur gedruckt, wenn es eine positive Rezension gab, und nicht nur eine, sondern mehrere.

Lena glaubte und glaubte auch wieder nicht an ihren Erfolg. Einerseits, wieso gerade sie? Jetzt schrieben doch alle, das Bildungsniveau war höher als früher. Aber andererseits …

Alexander kam aus dem Krankenhaus und fuhr sofort zu Filmaufnahmen.

Vera reiste ihm nach, um ihn mit der richtigen Nahrung zu versorgen. Nach der Gelbsucht durfte Alexander auf keinen Fall trinken. Und essen auch nicht. Oder höchstens gesundes Zeug. Alexanders Lebensqualität war drastisch gesunken.

Trotzdem drehte er seinen Film fertig.

Es gab eine Premiere. Die Kollegen platzten schier vor Neid, aber sie anerkannten tapfer: »Ja, du bist besser als wir.«

Alexanders Leben war gelungen, trotz der Gelbsucht.

Im ›Haus des Films‹ wurde ein Bankett gegeben.

Lena erhielt eine Einladung. Man hatte sie nicht vergessen.

Sie kam im vollen Glanz und der ganzen Schönheit ihrer Jugend.

Das neue Kleid, das sie bei einer Schwarzmarkthändlerin gekauft hatte, schimmerte und schmeichelte ihr wie eine Schlangenhaut.

Aber niemand beachtete Lena noch ihr Kleid. Es waren um die zweihundert Menschen da. Die Tische waren in U-Form aufgestellt, und sogar auf der Innenseite war gestuhlt.

Alexander und Margo saßen in der Mitte, Lena saß auf der Seite am einen Ende.

Vera saß fast gar nicht. Sie lief die ganze Zeit irgendwohin, gab in der Küche Anweisungen, begrüßte und platzierte die Gäste. Sie trug weder Schmuck, noch war sie ordentlich frisiert: Die Haare hatte sie glatt nach hinten zu einem Pferdeschwanz gebunden. Sie war für alles verantwortlich. Auch an einem Feiertag würde sie sich nicht entspannen.

Alexander und Margo saßen da wie Ehrengäste: bescheiden, wohlerzogen, ein bisschen feierlich. Ganz in Schwarzweiß. Die Königin und der Prinz.

Vera gehörte zum Dienstpersonal, sie war das Mädchen für alles.

Und Lena war überhaupt niemand. Sie war einfach gekommen und hatte sich hingesetzt. Und man hatte sie nicht fortgejagt. Sie hatte, immerhin, ein gutes Buch geschrieben. Aber wer wusste das schon …

Lena gegenüber saß eine ältere Schauspielerin mit weißen Haaren. Sie nahm unbemerkt aus der Tasche einen Flachmann und goss Wodka hinein. Sie füllte ihren Vorrat auf. Arme Alkoholikerin. Sie hatte man auch zum Bankett eingeladen. Auch sie hatte man nicht vergessen.

Lena saß bei den Gästen der dritten Kategorie. Die VIPs saßen um Alexander herum.

Lena hörte sich die Trinksprüche an, zerpflückte ihren Salat und dachte: ›Was hab ich hier verloren?‹ Zu Hause wartete man auf sie, war man eifersüchtig ihretwegen, sehnte man sich nach ihr und regte sich auf. Es gab einen Ort auf der Welt, wo sie die allerwichtigste Person war, wo sie eine VIP war, die Königin und die Sonne am Himmel.

Lena stand auf und ging leise zum Ausgang, ohne Aufsehen zu erregen. Man nennt das ›sich französisch verabschieden‹.

Sie blieb neben dem Lift stehen. Das Restaurant war im vierten Stock.

Der Aufzug kam nicht. Also stieg Lena die Treppen hinunter, wobei sie sich am Geländer festhielt. Da hörte sie jemanden rufen: »Lena!«

Alexander war ihr nachgelaufen.

Lena wandte sich um. Sie sah ihn schweigend an. Sie wartete, dass er etwas sagen würde. Aber er wusste nicht, was. Er fragte nur: »Gehst du schon?«

Wozu fragte er das? War das nicht offensichtlich?

Es waren andere Worte nötig, um sie aufzuhalten. Und er kannte diese Worte, aber für die hätte er sich verantworten müssen. Alexander wollte für nichts verantwortlich sein. Er wollte lieber frei sein wie ein Vogel. Und obendrein wollte er, dass Lena bei ihm blieb und irgendwo in der Ecke saß. Ein bunter Flicken auf seinem Lebensteppich.

»Geh zurück«, sagte Lena. »Man wartet auf dich. Heute ist dein Tag.«

Es war natürlich wirklich sein Tag. Aber was sollte er schon an so einer Festtafel? Er durfte nichts trinken, kaum was essen. Und nur nüchtern dabeizusitzen war langweilig. Er wäre Lena nur zu gern gefolgt. Mit ihr wäre es auch ohne Wodka interessant.

Alexander kehrte an seinen Platz zurück.

Die Trinksprüche folgten jetzt einer nach dem anderen. Es war wie in dem Lied von Bulat Okudshawa: *»Versammelt euch, meine Freunde, und lasst euch bewirten. Sagt mir schmeichelnd dazu, wer ich für euch bin …«*

Man hielt Lobreden auf Alexander, man sang Hymnen auf ihn. Alexander war es peinlich, aber Margo glaubte jedes

Wort. Sie hörte genau zu. Sie brauchte das, es war die Bestätigung ihres Lebenswerkes. So wie Okudshawa weiter singt: *»Denn wozu leb' ich sonst auf dieser ewigen Welt …«*

Nach dem Prager Frühling wurden im Land die Daumenschrauben angezogen.

Alles, was lebte und Talent hatte, wurde verboten. Man konnte sich nur noch wie in einer heißen Bratpfanne mal hierhin, mal dahin wenden. Manche Künstler wurden zu Dissidenten. Sie wollten sich nicht mehr anpassen. Lieber wollten sie hungern.

Alexander wollte das Los des einsamen Kämpfers nicht auf sich nehmen. Er gierte nach Wohlstand und Erfolg. Aber verkaufen wollte er sich auch nicht.

»Mach einen Film nach einem Stück von Ostrowskij«, schlug Margo unvermittelt vor. »Das ist ein guter Autor, wenn auch ein Klassiker. Heute gibt es solche guten Dramatiker gar nicht mehr.«

Alexander überlegte. Er hörte in sich hinein. In seiner Seele war Frieden. Wenn etwas genau ins Schwarze traf, dann triumphierte Alexander nicht, sondern wurde ganz ruhig. Aber er war es nicht gewohnt, ohne Partner zu arbeiten. Allein zu schreiben war für ihn, wie allein Tennis zu spielen. Er brauchte einen Partner auf der anderen Seite des Netzes. Aufschlag und Return.

»Wen soll ich mir als Co-Autor dazuholen?«, fragte Alexander.

Aber er wusste natürlich schon, wen: Lena. Erstens war sie begabt, zweitens trank sie nicht. Und drittens hatte er noch nie jemanden so lange und so stark geliebt.

Alexander hatte sofort beschlossen, dass er Lena engagieren würde. Aber er wollte nicht derjenige sein, der den Namen zuerst nannte. Jemand anders sollte ihn nennen, so als hätte er gar nichts damit zu tun.

»Wen soll ich bloß nehmen?«, fragte Alexander wieder.

»Wozu brauchst du einen Co-Autor?«, fragte Vera verwundert. »Das Stück existiert ja schon.«

»Ich kann das nicht allein.«

»Dann nimm Romka Bjelikow«, soufflierte Vera.

»Romka säuft immer mehr«, wandte Margo hart ein. »Seine Frau hat ihn vor die Tür gesetzt. Er wohnt dauernd woanders, wie es gerade kommt.«

»Du könntest in ein Künstlerhaus mit ihm fahren«, fand Vera einen Ausweg.

»Und dann dort von einem Besäufnis ins nächste kippen …«, Margo atmete heftig, ihr Gesicht war von roten Flecken übersät.

»Was willst du denn?«, fragte Alexander beunruhigt.

»Ich will Lena!«, schrie Margo.

»Diese Lena bringt so viel Nutzen wie ein Ziegenbock Milch. Ein einziger Film – und der wurde gleich weggesperrt«, erinnerte Vera.

»Aber dafür trinkt sie nicht«, fiel ihr Margo ins Wort. »Ich kann so nicht leben, wenn ich die ganze Zeit darauf gefasst sein muss, dass mein Sohn an Leberzirrhose stirbt …«

Margo fing an zu schluchzen, allein schon bei der Vorstellung.

»Na gut, ist ja gut«, sagte Alexander. Er war natürlich einverstanden. »Dann also Lena …«

Vera erstarrte. Lenas Anwesenheit ärgerte sie. Aber andererseits enthielt das Stück von Ostrowskij eine gute Rolle für sie. Vera hätte Gelegenheit, ihre gereifte Schauspielkunst zu zeigen. Und Lena käme nur im Abspann vor, mit kleiner Schrift. Wer liest schon den Abspann? Niemand.

Alexander rief Lena an und schlug ihr das Projekt vor.

»Machst du dich über mich lustig?«, fragte Lena ungläubig.

»Nein. Ich biete dir an, als meine Co-Autorin zu arbeiten.«

Lena schwieg einen Moment, dann fragte sie: »Überlegst du dir das nicht noch anders?«

»Nein. Ich überlege es mir nicht anders.«

Lena konnte ihr Glück kaum fassen. Und doch wurde ihr echtes Glück zuteil. So einfach konnte es sein. In neun Worten. Abends um zehn.

So war wohl echtes Glück. Es geschah einfach. Und das Leben teilte sich in zwei Hälften: davor und danach.

Lena legte den Hörer auf. Sie ging ins Wohnzimmer. Das Telefon stand in ihrem Arbeitszimmer. Ihr Mann sah Fußball.

»Alexander hat mir angeboten, mit ihm zusammen ein Drehbuch zu schreiben. Aber bestimmt überlegt er es sich später doch wieder anders«, sagte Lena mit tonloser Stimme.

Ihr Mann schaute vom Fußball auf.

Er wollte nicht, dass seine Frau mit einem anderen Mann zusammenarbeitete, mit den Röcken rauschte. Er war eifersüchtig. Aber ein Drehbuch, das bedeutete viel Geld. Und in ihrer Haushaltskasse gab es einige Löcher zu stopfen.

»Er wird es sich bestimmt wieder anders überlegen«, wiederholte Lena.

Dann bliebe die Frau zu Hause, aber dann blieben auch die Löcher in der Kasse. Und er allein wäre nie im Leben fähig, sie alle zu stopfen.

Sergej wandte den Blick wieder in Richtung Bildschirm.

Die Fußballspieler rannten hinter dem Ball her. Die einen gewannen, die anderen verloren.

Sie fuhren nach Sotschi, um zu arbeiten.

Es war September, eine Jahreszeit wie Samt auf der Krim. Es gab viel Sonne, das noch warme Meer. Glück lag in der Luft. Ein Paradies.

Die Arbeit rührte sich fast nicht vom Fleck. Wer arbeitet schon im Paradies?

Abends gingen sie ins Restaurant, aßen gebratene Forelle. In der Nähe gab es eine Forellenzucht.

Ein Orchester spielte, eine liebliche Sängerin sang. Alexander hörte zu, weit im Stuhl zurückgelehnt. Der Ausdruck auf seinem Gesicht war träumerisch. Er labte sich an der goldbraunen Forelle, der angenehmen Musik, und vor allem – an der Freiheit. Er musste nirgendwohin eilen, sich nicht verstecken, niemandem etwas vormachen. Das war es, das Glück. Man konnte es in Stücke schneiden und aufessen.

Alexander sah die ganze Zeit Lena an, als hätte er seinen Blick auf ihr vergessen. Alles an ihr gefiel ihm: wie sie schaute, lachte, den Kopf auf dem jungen Hals verdrehte.

Der höchste menschliche Wert ist das Leben. Und der höchste Wert im Leben ist die Jugend.

Alexander lauschte der einfachen Musik. Er wollte den Augenblick festhalten. Es sollte immer so sein wie jetzt. Um sie herum schwirrten Worte, aber er ließ sie einfach vorrauschen. Dann erinnerte er sich daran, dass er ja zum Arbeiten hergekommen war.

Die Arbeit kam nicht vom Fleck. Offenbar brauchten sie eine Störung, damit es richtig gut lief. Sie brauchten es, dass Vera an der Tür vorbeiging, Margo hinter der Wand mit ihrer tiefen verrauchten Stimme herumbrummelte.

Hier gab es ein Hotelzimmer, eine Dusche, völlige Freiheit und angespanntes, unersättliches Verlangen.

Sie steckten buchstäblich auf der dritten Seite fest. Und wussten nicht, wie sie sich weiter von der Stelle bewegen sollten.

Ein Stück war eben kein Film. Man musste eine kinematographische Entsprechung erfinden.

Sie saßen da, rutschten auf den Stühlen hin und her und litten. Lena erschrak, sie fürchtete, dass sie sich so verheddert hatten, dass sie den Karren nicht mehr aus dem Dreck ziehen konnten.

Sie legten sich ins Bett. Die Sonne leuchtete das Zimmer mit hellen Strahlen aus. Sie liebkosten sich ausgiebig, dann waren sie lange still, wie nach einem Gewitter. Und in diese Stille sagte Alexander plötzlich: »Jetzt bringst du mich wahrscheinlich gleich um … aber ich hab jetzt alles im Kopf.«

Das hieß, dass sein Gehirn sich die ganze Zeit nicht auf die Liebe eingestellt, sondern weitergearbeitet hatte.

Lena wand sich wie eine Schlange unter Alexanders glattem Körper hervor. Sie setzte sich an die Schreibmaschine und heftete den Blick auf ihn. Sie war bereit, sofort loszutippen.

Für Lena war die Arbeit wichtiger als die Liebe. Oder genauso wichtig. Darin waren sie sich gleich.

Die Tage waren durchdrungen von Sonne und Glück und unterschieden sich vom Alltag wie Honig von Wasser. Sie hatten einfach ein anderes spezifisches Gewicht.

Vera rief Alexander in seinem Hotelzimmer an. Ihre Stimme war fast erloschen.

»Hast du es satt, allein zu sein?«, fragte Alexander mitfühlend.

»Ich bin auf alles gefasst«, antwortete Vera direkt. »Nachher gewöhnst du dich noch dran...«

Vera war beleidigt. Es verletzte sie, dass Alexander mit dieser Lena in den Süden gefahren war. Mit ihr fuhr er nie irgendwohin.

Vera war bereit, um der Sache willen diese schlitzohrige Olensija oder Leonisija, oder wie immer sie hieß, zu ertragen ... Aber so zu tun, als ob ihr das auch noch gefiele, dazu war sie nicht bereit. Diese Person hatte sich in das Herz der Familie hineingebohrt, ihre Gastfreundschaft weidlich ausgenutzt und verdiente auch noch haufenweise Geld, denn Drehbücher wurden gut bezahlt. Allen Ruhm ernteten die Schauspieler, aber alles Geld – die Drehbuchautoren. Und all das war ihr noch zu wenig. Jetzt machte sie sich auch noch an ihren Mann ran.

Vera weinte vor Eifersucht und Wut. Sie war eine großzügige Natur, aber sie war keine Heilige. Es gibt Dinge, die teilt man einfach nicht mit anderen. Den eigenen Mann zum Beispiel.

Lena rief nach Hause an.

Baba Polja nahm ab und fing sofort laut an zu schluchzen. Es stellte sich heraus, dass Baba Polja den Kamm verlegt hatte und am Morgen das Kind nicht hatte kämmen können. Sie hatte Nastja in den Kindergarten gebracht und die Kindergärtnerin gebeten, sie zu kämmen und den Zopf neu zu flechten.

»Und wo sind die Eltern?«, hatte die Erzieherin gefragt.

»Die Mutter ist mit einem Mann in einen Kurort gefahren«, hatte Baba Polja gesagt.

Die Erzieherin hatte den Kopf geschüttelt: eine schlechte Familie also …

Lenas Stimmung war im Keller. Zu Hause weinten sie wie die Waisenkinder. Was sie wohl aßen? Und sie schlug sich jeden Abend den Bauch mit Forelle voll …

So vergingen vierzehn Tage.

Das Wetter wurde schlechter. Das Meer war jetzt stürmisch.

Lena stand am Strand und schaute auf die Wellen hinaus. Sie dachte: ›Das Drehbuch ist nicht meines. Der dicke, rundgesichtige Ostrowskij – so zeigten ihn zumindest die Porträts – hat sich schon alles ausgedacht. Und auch Alexander gehört nicht mir.‹ Und wer war sie eigentlich? Ein Mensch, der immer nur ›bei jemandem oder bei etwas‹ war … Dabei hatte sie doch ihren eigenen Mann und ihr eigenes Buch.

Alexander trat zu ihr.

»Ich will nach Hause«, sagte Lena.

»Bist du es leid?«, fragte er.

»Wie soll ich es sagen … Das Ganze steht eben nicht auf einer soliden Basis. Ich hänge da wie ein Hund am Zaun.«

»Und was ist für dich eine solide Basis? Eine offizielle Heirat?«

Lena schwieg.

Weiter entfernt tanzte etwas Rundes auf den Wellen: Entweder war es eine Boje oder ein menschlicher Kopf.

»Wenn du willst, heiraten wir«, erklärte sich Alexander einverstanden.

»Wann?«

»Ach, lass uns nichts überstürzen. Lass uns noch ein bisschen warten.«

»Wie lange?«

»Bis Iwan die Schule beendet hat. Wenn ich die Familie verlasse, geht er überhaupt nicht mehr in die Schule. Meine Familie kommt allein nicht mit ihm zurecht.«

»Und wann ist er mit der Schule fertig?«

»In fünf Jahren.«

»Das ist lange …«

»Aber warum die Eile? Wir sind doch sowieso zusammen. Du hast mich ja. Ich bin doch da.«

Lena sah aufs Meer. Einerseits waren fünf Jahre ein ganzes Leben. Und andererseits würde ihre kleine Tochter noch fünf Jahre mit ihrem leiblichen Vater aufwachsen, sie würde ruhig und glücklich leben. Ansonsten müsste sie Vater und Tochter auseinanderzerren, sie verkrüppeln und beschädigen. Lieber würde Lena sich selbst verkrüppeln als ihre Liebsten.

Sollte doch alles so bleiben, wie es war: Sie hatte die Liebe, und nichts musste sich ändern. Aber das war ein Männerstandpunkt. Frauen denken anders. Für sie ist das Wichtigste: Stabilität und Entschiedenheit.

»Du bist mein Lebenselixier«, sagte Lena.

»Ich bin dein sauer gewordenes Bier«, antwortete Alexander. »Ich habe Angst, dir das Leben zu vermiesen.«

»Du bist die Sonne«, sagte Lena. »Ohne dich ist Dunkelheit.«

»Die Sonne, das bist du. Wenn du nicht da bist, ist gar nichts …«

Das runde Etwas in den Wellen begann jetzt aus eigener Kraft näher zu kommen. Also war es doch ein Mensch, und mit ihm war alles in Ordnung.

Man hatte Vera die Rolle der alten Wucherin angeboten. Dafür musste sie Dostojewskijs Roman noch einmal lesen.

Vera lernte die Rolle auswendig, fühlte sich ein, unterbewusst erwartete sie Raskolnikow mit dem Beil und wurde fast wahnsinnig dabei. (Vera, nicht die Alte.) Nachts schrie sie und redete wie eine Geistesgestörte. Sie ließ den Blick in alle Ecken gleiten. Sie verwandelte sich.

Margo beobachtete diese Schöpferqualen. »Besser hätten sie dich umgebracht«, seufzte sie.

Schließlich war die Rolle der Wucherin zu Ende gespielt.

Vera kam aus der Rolle heraus wie aus dem Krankenhaus. Sie bewegte sich bleich in der Wohnung umher, sie war wie ausgehöhlt.

Margo hatte Hochachtung vor Vera. Sie begriff: Das war keine Dilettantin, das war eine große Schauspielerin.

Dann kam Alexander zurück und stieß ihr das Messer in den Rücken. Noch ein Raskolnikow.

Er sagte zu Vera: »Ich liebe Lena.«

»Na, dann liebe sie eben«, entgegnete Vera. »Wer hindert dich daran?«

»Du hinderst mich daran. Du bist wie ein Apfelkern in

meiner Kehle, man kann dich nicht verschlucken und auch nicht ausspucken. Ich verlasse dich.«

«Wann?«

»In fünf Jahren.«

Vera heulte auf wie eine Sirene. Margo kam mit erschrockener Miene aus ihrem Zimmer gelaufen.

»Was ist?«, rief sie. »Was ist denn los?«

»Er verlässt mich ...« Vera heulte mit neuer Kraft.

»Wann?«

»In fünf Jahren«, schluchzte Vera.

Margo schwieg einen Moment, dann sagte sie: »Wie es so schön im Märchen heißt: In fünf Jahren ist entweder der Esel krepiert, oder der Scheich ist gestorben.«

Vera ging ins Bad, um Socken und Unterhosen zu waschen. Ein ganzes Becken voller eingeweichter Wäsche erwartete sie.

Vera wusch und weinte. Wie viele Jahre hatte sie sich für diese Familie abgerackert. Wenn sie all die gespülten Teller übereinanderstapeln würde, sie reichten bis zum Mond. Und hatte ihr irgendwer irgendwann auch nur einmal ›danke‹ gesagt? Alle taten so, als wäre es selbstverständlich.

Vera weinte lauter. Sie wischte die Tränen mit der Faust ab, wobei eine Spur von Seifenschaum auf ihren Wangen zurückblieb.

Margo erschien in der Tür.

»Was heulst du wie ein Wolf?«, fragte Margo streng. »Diese Lena erhält dir den Mann. Du solltest ihr danken. Und in fünf Jahren kann viel passieren. Liebe ist eine schnell verderbliche Ware. Die legt man nicht für fünf Jahre ins Regal.«

Vera wusch und spülte aus. Und plötzlich begann sie zu singen. Sie sang gut. Das Lied drang leise aus dem Badezimmer und verbreitete sich in der ganzen Wohnung.

Alexander nahm die Gitarre von der Wand und fing an, sie leise zu begleiten. Dann sang er eine zweite Stimme dazu. Ein spontanes Duett ist oft besser als ein einstudiertes.

Iwan lernte in seinem Zimmer ein Gedicht auswendig, indem er hundertmal ein und dasselbe wiederholte: *»Wie einstmals sich aufmacht' der weissagende Oleg, zu rächen sich am Husaren, dem finstren.«*

Offensichtlich begriff er den Sinn der Worte nicht und versuchte sie sich mechanisch einzuprägen.

Alexander und Lena arbeiteten im Filmstudio. Lena hatte sich geweigert, zu Alexander nach Hause zu kommen. Margo und Vera bestanden nicht darauf. Es wäre wohl auch seltsam gewesen, in der eigenen Wohnung eine Rivalin zu empfangen, sie zu bewirten und ihr schönzutun, sozusagen eine Schlange am Busen zu nähren.

Im Filmstudio war es kalt, es gab nichts zu essen, und es war ungemütlich. Lena und Alexander waren wie Adam und Eva nach der Vertreibung aus dem Paradies.

Aber die Arbeit blieb die Arbeit.

Das Drehbuch wurde fertig, und der Film war schließlich abgedreht.

Sie schickten das fertige Werk zum Filmfestival nach Venedig.

Lena und Alexander sollten ebenfalls nach Venedig reisen.

Vera war nervös. Sie hatte Lena, wegen ihrer Herkunft, den verächtlichen Spitznamen ›Hüttenbewohnerin‹ verpasst.

Lena war darüber nicht böse. Mit einem geliebten Menschen geht es einem auch in einer Hütte gut.

Vera kochte bei dem Gedanken, dass Alexander mit ›der Hüttenbewohnerin‹ durch Venedig spazieren würde, Hand in Hand, und dass sie in teure Geschäfte gehen würden. Alexander würde für die Geliebte das Geld der Familie ausgeben, er würde ihr kostbare Geschenke kaufen. Und nachts würden sich ihre Körper miteinander verflechten, auf einem zwei Meter breiten Bett, in dem man sich nach allen Seiten wälzen könnte. Nein, das durfte einfach nicht sein!

Vera platzte fast vor Neid.

Nicht nur ignorierte Alexander Vera in letzter Zeit als Frau, sondern er hatte sich auch sein Bett in seinem Arbeitszimmer eingerichtet. Er schlief auf der Liege, die eng war wie ein Bett im Nachtzug. Er war bereit, sich zu quälen, der Unabhängigkeit zuliebe.

Vera war traurig, Margo tröstete sie.

»Schau dich um«, sagte Margo. »Wer von den Ehemännern schläft noch mit seiner Frau nach zwanzig Jahren Eheleben?«

»Bei uns sind es aber zwölf«, korrigierte Vera.

»Das ist doch dasselbe.«

Jetzt war es so gekommen, dass ›diese Hüttenbewohnerin‹ alles hatte: Karriere, Geld, Reisen mit Alexander und eine eigene Familie als Zugabe. Und Vera hatte nur die Unterhosen und die schmutzigen Teller. So was durfte es doch nicht geben …

Vera passte einen Moment ab, als niemand zu Hause war, nahm ihr persönliches Telefonbuch und rief den Minister Jegorytschew an.

Das Gespräch war kurz, aber sie hatten sich verstanden. Vera hatte den Hauptgedanken klar rübergebracht: Die geschätzten Hirten hatten doch wohl die Aufgabe, die Herde vor räudigen Ziegen zu schützen.

Die Herde – das war die Filmöffentlichkeit, und die räudige Ziege war natürlich Lena.

Man ließ Lena nicht zum Festival reisen.

Alexander verstand das nicht. Was war da los? Er machte die Runde in einigen Büros, aber die Beamten verdrehten nur die Augen.

Aber eine Ahle kann man nicht im Sack verstecken, wie es so schön heißt. Und so erfuhr Alexander alles.

Er fuhr nach Hause und fragte Vera: »Schämst du dich eigentlich nicht?«

»Nein«, sagte Vera ehrlich. »Ich kämpfe.«

Alexander fuhr ohne Lena nach Venedig. Er kehrte mit Geschenken zurück, niemand wurde vergessen.

Vera bekam gute Stiefel mit Fellfutter.

Sie sagte zurückhaltend: »Danke.« Stiefel hätte sie sich auch selbst kaufen können. Aber die Stiefel von Alexander zu bekommen, nach diesem Anruf beim Minister – das war ein gutes Zeichen. Dann war er nicht böse. Er hatte ihr die kleine Gemeinheit verziehen. Und nur einander nahestehende Menschen verzeihen sich alles.

Die Zeit verging. Zwei der versprochenen fünf Jahre waren vorbei. Es blieben noch drei.

Das Leben ging seinen Gang. Manchmal kam es Vera so vor, als ob Alexander nie gehen würde. Er war von seiner

Familie, von seinen Lieben umgeben. Er liebte seine Eltern, vergötterte seinen Sohn, und Vera störte nicht weiter. Außerdem fühlte sich Alexander dauernd schlecht: Mal waren es Gallensteine, mal Depressionen. Wie sollte er mit seinen Gallensteinen und seinen Depressionen denn irgendwohin verschwinden …

Manchmal aber kam es Vera vor, als hinge ihre Beziehung am seidenen Faden, und dieser Faden könne jeden Moment reißen …

Vera hatte Sehnsucht und weinte. Der kleine Iwan tröstete sie, so gut er konnte. Er umarmte sie und sagte: »Mamilein, nicht weinen. Wenn ich groß bin, dann heirate ich dich …«

Wie hilflos und wie abhängig sind doch Frauen, die nicht mehr geliebt werden.

Lenas Buch kam heraus. Sie wurde in den Schriftstellerverband aufgenommen. Sie war die Jüngste in der Sektion Prosa. Das Durchschnittsalter der Prosaschrifsteller lag damals bei sechzig Jahren. Und Lena war erst zweiunddreißig. Die Mitgliedschaft im Schriftstellerverband war einer Habilitationsarbeit gleichgestellt, so dass Lena, was die Privilegien anbelangte, nun Professorin war.

Auch die Liebe nahm eine neue Wendung. Alexander fuhr jeden Abend zu Lenas Haus. Sie setzten sich ins Auto und unterhielten sich drei Stunden lang. Er wurde es nicht leid zu reden, und sie wurde es nicht leid, ihm zuzuhören.

Dann trennten sie sich. Alexander fuhr zurück ins Stadtzentrum. Und schon während der einstündigen Fahrt sehnte er sich nach Lena. Er kam nach Hause, ging in sein Arbeitszimmer und rief sie sofort an.

Lena nahm ab, verkroch sich in ihrem Arbeitszimmer, und sie tratschten – so nannte Baba Polja das – bis tief in die Nacht.

Vera hörte durch die Wand sein Flüstern, wie Regen auf einem Dach. Worüber redeten sie die ganze Zeit? Mit ihr redete er nie so lange und so interessiert.

Sergej schaute im Fernsehen die Spätnachrichten. Er saß in seinem Sessel auf dem absoluten Grund der Einsamkeit.

Lena war nicht zu Hause, selbst dann, wenn sie zu Hause war. Und sogar, wenn sie mit ihm in einem Bett schlief. Sie schliefen nebeneinander und doch getrennt, wie im Gefängnis.

Sergej wusste schon gar nicht mehr, wie sie aussah.

Es fiel wunderschöner, großflockiger Schnee. Es war, als stünde er in der Luft.

»Ich weiß nicht, was tun«, sagte Alexander verloren. »Ich kann nicht von zu Hause weggehen, und ich kann nicht ohne dich leben ...«

Sie standen vor dem Kino ›Witjas‹. Es lief der Film *Solaris*. Die einzige Kopie, die gezeigt wurde, lief ganz weit draußen, in einem Vorort von Moskau.

»Obwohl – ich weiß doch, was tun«, sagte Alexander und wurde plötzlich ganz lebendig.

»Ich bringe mich um. Ich warte, bis Glatteis ist, und dann knalle ich mit dem Auto irgendwo rein. Man wird denken, es war ein Unfall.«

»Aber dann gehst du auch von zu Hause weg«, entgegnete Lena.

»Wieso?«

»Du wirst tief in der Erde liegen.«

»Nicht so tief, höchstens zwei Meter tief.«

»Aber du bist auch nicht zu Hause …«

»Aber meine Familie wird dann nicht gekränkt sein. Sie werden mich verehren wie eine Ikone. Und wenn ich weggehe, dann verrate ich sie alle. Das ist unerträglich.«

»Und mich willst du nicht verlassen?«, fragte Lena. »Und bei den Deinen bleiben. Das ist besser als in der Erde.«

»Und du?«

»Ich bin bei den Meinen.«

Alexander war beleidigt.

»Da, siehst du, du hast immer einen Hinterausgang«, warf er ihr vor.

»Nicht ich, du hast einen«, entgegnete Lena.

Es wurde März. Erst taute es, dann fror es wieder. Die Straßen waren wie Glas.

Alexander hatte das Lenkrad mit Plastik umwickelt. Er fuhr besonders vorsichtig.

»Du wolltest dich doch umbringen«, erinnerte ihn Lena.

»Das wollte ich«, bekräftigte Alexander. »Das wollte ich und will es immer noch.«

Lena lachte auf.

»Lach nicht. Ich bin unglücklich. Ich bin wirklich unglücklich.«

Lena sah Alexander genau an. Sein Gesicht war von roten Linien durchzogen. Kapillaren waren geplatzt.

Lena kam es vor, als ob die kleinen Blutgefäße wegen all des Leids geplatzt wären. Plötzlich erschrak sie. Sie bat ihn: »Halt an …«

Alexander hielt an einer Bushaltestelle.

Lena umfasste seinen Kopf und begann ihn zu küssen, ihn mit Küssen zu überschütten. Er ließ es über sich ergehen und runzelte die Stirn.

Aus dem Bus schauten ihnen Leute zu, und ihre Gesichter hinter der Glasscheibe waren gedankenverloren und leidenschaftslos, wie auf vergilbten Fotos.

Eines Nachts klingelte das Telefon.

Lena nahm ab und hörte die klare Stimme von Alexander.

»Ich bin es müde, gegen dich und mich anzukämpfen. Ich bin bereit, die Verantwortung für dein Leben und das Leben deiner Tochter zu übernehmen.«

Das war ein Antrag auf Herz und Hand.

Alexander räusperte sich und legte auf.

Lena überlegte. Also wollte Alexander die fünf Jahre nicht mehr abwarten. Die Seele des Künstlers hielt es nicht länger aus. Umso besser. Auch Lena war erschöpft davon, sich seelisch und gedanklich zu zerreißen. Sie wollte alles in eins zusammenführen. Natürlich würde es Schwierigkeiten geben. Aber man konnte alles überwinden, wenn man sich liebte …

Lena versuchte einzuschlafen, aber sie konnte nicht. Wie würde sie es Sergej erklären? Mit welchen Worten? So etwas auszusprechen war doch schier unmöglich.

Gegen Morgen schlief Lena ein.

Sie träumte von einem Keller mit Obdachlosen und Ratten. Und das war ihr Heim. Lena sah es mit Entsetzen und dachte: ›Warum bin ich hierhergezogen? War mein früheres Zuhause nicht besser?‹

Lena wachte um elf Uhr auf.

Alle waren zu Hause. Also war Sonntag.

Lena ging in die Küche. Sie sah Sergej. Er stand mit dem Rücken zu ihr, mit einem kleinen Beil in der herunterhängenden Hand. Vor ihm auf dem Küchentisch lag ein lebendiger Wels. Er war riesig.

Der Wels war am Vortag gekauft worden und war die ganze Nacht in der Badewanne herumgeschwommen.

Sergej, der einzige Mann im Haus, sollte den Wels töten. Er musste ihm mit dem Beil auf den Kopf schlagen. Aber er konnte sich nicht dazu durchringen. Lena sah es an seinen hochgezogenen Schultern und an seinem Rücken: Sergej brachte es nicht fertig, auf etwas Lebendiges einzuschlagen.

Lena stand hinter dem Rücken ihres Mannes, der sein Beil festhielt. Mit ihrer Eröffnung müsste sie auf Sergej einschlagen. Und plötzlich verstand sie, dass auch sie nicht auf etwas Lebendiges einschlagen konnte. Sie würde ihm nichts sagen, zumindest nicht jetzt. Nastja und Baba Polja kamen in die Küche. Sie waren neugierig.

Sergej drehte sich um und sagte: »Geht alle hier raus!«

Er schämte sich, vor Zeugen zu töten.

Alexander kam in Margos Zimmer.

»Ich habe Lena einen Antrag gemacht«, verkündete er. »Ich werde sie heiraten.«

»Du verlässt mich, jetzt, wo ich alt bin. Habe ich das verdient?«

Margo reagierte, als sei sie die Ehefrau und nicht die Mutter.

»Aber ich bin erwachsen, Mutter«, erinnerte Alexander sie. »Ich trage die Verantwortung für Lenas Leben.«

»Was weiß ein Alkoholiker schon von Verantwortung«, schnaubte Margo. »Komm wieder auf den Boden. Du hast schon ein sitzengelassenes Kind, jetzt wirst du noch eins haben ...«

Abends trafen sich Lena und Alexander im Restaurant Vilnius. Das Restaurant lag gegenüber von Lenas Haus.

Sie bestellten baltisches Essen.

Lena erwartete die Fortsetzung des nächtlichen Gesprächs. Alexander hatte ihr einen Antrag gemacht. Lena interessierten die Einzelheiten: Wann? Wohin? Wo?

Aber Alexander hatte das nächtliche Telefongespräch anscheinend vergessen. Er schaute auf Lenas Nasenwurzel. Dann richtete er den Blick auf ihre Schläfe. Er schaute an ihr vorbei, seine Pupillen wichen ihrem direkten Blick aus.

Lena verstand: Er hatte es sich anders überlegt. Hatte sich ausgeschlafen, war nüchtern geworden und hatte es sich noch einmal überlegt.

Sie wäre schön dumm gewesen, wenn sie Sergej gesagt hätte, dass sie ihn verlassen würde. Was für ein Glück, dass ihr Verstand so weit gereicht hatte, den Mund zu halten.

Lena begriff: Sie war abhängig von der Abhängigkeit eines anderen Menschen. Sie hing von ihm ab, und er von seiner Mutter, und von seiner Willenlosigkeit.

Lena aß schweigend. Alexander sah feige an ihr vorbei.

»Und was wäre, wenn er von der Brücke springt?«, fragte Alexander. Er nahm den Faden ihres derzeitigen Drehbuchs wieder auf.

»Wer?«, fragte Lena. Ihre Gedanken waren weit fort.

»Jermakow«, erinnerte sie Alexander.

»Soll er doch springen«, antwortete Lena und schob den Teller weg.

Sie stand vom Tisch auf. Alexander stand auch auf.

»Du brauchst mich nicht heimzubringen«, sagte Lena. »Es ist ja gleich um die Ecke …«

Sergej war nicht zu Hause. Er war auch um ein Uhr nachts noch nicht zu Hause. Und auch nicht um sieben Uhr morgens.

Lena begann, den Boden zu putzen. Sie musste unbedingt die negative Energie loswerden, sie in etwas Nützliches umwandeln.

Sergej war immer noch nicht da. Und wenn er plötzlich gar nicht mehr zurückkäme?

Lena packte die Angst. Was würde sie tun, allein mit einem kleinen Kind und einer alten Kinderfrau? Sergej dachte sich keine Drehbücher aus, war kein berühmter Regisseur, aber auf seinen Schultern ruhte der ganze Haushalt. Dank ihm hatte Lena die Freiheit, sich selbst zu suchen und zu finden, sich selbst zu bestätigen. Und sogar ihre überirdische Liebesaffäre konnte Lena nur dank Sergej haben.

Bei allem, was passiert war, das Leben war in sicheren Bahnen verlaufen. Und nun waren diese Bahnen zerstört, man konnte nicht mehr weiterfahren, nicht mehr weitergehen. Man konnte sich nur noch hinsetzen und erfrieren.

›Er ist weggelaufen‹, sagte Lena zu sich selbst. ›Das geschieht mir nur recht.‹

Da drehte sich ein Schlüssel im Türschloss. Sergej kam herein. Seine Pupillen standen horizontal wie bei einem Hasen. Sein Gesichtsausdruck war völlig verstört.

»Ich habe die Nacht in einer Ausnüchterungszelle verbracht«, sagte er. »Hast du mal fünfundzwanzig Rubel?«

Lena, die ihre übersprudelnde Freude verbarg, hielt ihm das Geld hin. Sergej brachte es dem wartenden Taxifahrer. Dann kam er zurück und legte sich kummervoll aufs Sofa, die Hände über der Wolldecke gefaltet. Er litt wie eine Jungfrau, die ihre Ehre verloren hatte.

»Jeder echte Mann muss doch wenigstens einmal im Leben eine Nacht in der Ausnüchterungszelle verbracht haben«, sagte Lena im Brustton der Überzeugung. »Was ist denn das für ein Mann, der noch nie in einer Ausnüchterungszelle war…«

Sergej schaute sie kurz an. Die Schande wurde in den Rang eines Sieges erhoben. Vielleicht war es doch nicht so peinlich und unentschuldbar, wie er gedacht hatte.

Lena stand da, sicher, ruhig, sich selbst genug. Dann war alles vielleicht doch nicht völlig verfahren. Sergejs Augen füllten sich mit Hoffnung.

»Und wie bist du überhaupt in die Ausnüchterungszelle gekommen?«, fragte Lena.

»Ich war in einer Bar. Hab was getrunken. Und bin eingeschlafen.«

Sergejs arme, arme Mama. Wenn sie wüsste, dass ihr Sohn einsam und allein in eine Bar geht…

Vera lebte in ständiger Anspannung. Sie wartete die ganze Zeit darauf, dass Alexander sie aus dem Haus jagen würde. Dass er hereinkäme und sagte: ›Ich habe dich nicht heiraten wollen. Du hast dich selbst zu meiner Ehefrau ernannt. Ich habe es geduldet, aber jetzt will ich nicht mehr.‹

Doch Alexander sagte gar nichts. Es war, als würde er Vera gar nicht bemerken. Man erlaubte ihr, für ihn zu waschen und zu kochen, ihr gemeinsames Kind aufzuziehen. Mehr nicht. In Urlaub fuhr er mit Lena. Ins Theater ging er mit Lena. In der Öffentlichkeit trat er mit Lena zusammen auf. Was hatte Lena eigentlich für einen Ehemann?

Vera beschloss, mit diesem Mann zu reden.

Sie rief ihn an, stellte sich vor. Der Mann war höflich, aber begriffsstutzig. Er verstand nicht, was Vera von ihm wollte. Aber vielleicht tat er auch nur so, als verstünde er nicht. Dann musste sie eben mit Lena reden.

Vera verlor keine Zeit und fuhr direkt ins ›Haus der Künstler‹. Dorthin hatten sich Lena und Alexander unter dem Vorwand der gemeinsamen Arbeit verzogen.

Vera saß in der Vorortbahn, betrachtete die vorbeifliegenden verschneiten Felder und wälzte im Kopf wüste Gedanken, wie Anna Karenina vor dem Selbstmord. Vera hatte Angst, die beiden *in flagranti* zu erwischen. Dann würde sie eine Entscheidung treffen müssen, und das hieß: das Kind nehmen und in ihre Einzimmerwohnung ziehen. Und das wäre sehr kränkend.

Vera und Alexander waren zusammengekommen, als sie beide jung und arm waren. Zusammen hatten sie angefangen, und zusammen waren sie gewachsen. Und jetzt, wo alles in Blüte stand – Ruhm, Geld, eine interessante schöpferische Arbeit –, sollte sie das alles hergeben? Nein, um keinen Preis!

Diese Leonsija kommt daher und setzt sich ins gemachte Nest, und Vera sollte zu ihrer Ausgangsposition in die Einzimmerwohnung zurück, mit dem Status einer Sitzengelassenen.

Aber die Hauptsache war: Sie liebte Alexander, egal in welchem Zustand – ob nüchtern oder betrunken und flegelhaft gleichgültig. Er war ihr Ein und Alles, wie Puschkin für Russland. Und sie würde kämpfen bis zuletzt.

Lena war in ihrem Hotelzimmer. Allein. (Gott sein Dank!) Sie lag im Bett und las ein Buch.

Als sie Vera sah, fuhr sie zusammen. Sie setzte sich auf, wobei sie sich ein Kissen in den Rücken schob.

Vera sah gut aus, besser als zu Hause. Viel jugendlicher. Sie trug eine weiße Bluse, die ihr stand.

Lena empfand Sympathie und Mitgefühl für sie. Sie verstand, dass Vera nicht hier aufgetaucht war, weil es ihr gut ging.

»Setz dich doch«, sagte Lena.

»Danke, ich stehe lieber«, lehnte Vera ab. Sie war in zielstrebiger Stimmung. »Wie lange wird das noch so weitergehen?«, fragte Vera streng.

»Bis Ende März«, antwortete Lena.

»Was heißt ›bis Ende März‹?«, fragte Vera verständnislos.

»Dann wird das Drehbuch fertig sein, und jeder geht wieder seiner eigenen Wege.«

Vera war wie zu einem Duell gekommen: Wer würde wen erschießen? Lena sah, wie hilflos Vera war, und konnte nicht schießen. Im Gegenteil. Sie hätte sie beruhigen wollen, trösten, ja ihr sogar Alexander zurückgeben. Sollte sie ihn eben haben.

Lena fühlte ihre Schuld. Sie war ins Haus eingedrungen und hatte wie eine hergelaufene Katze das beste Stück vom Tisch stibitzt. Aber die Liebe war eben wie der Tod. Man konnte ihr nichts entgegensetzen. Sie kam und bedeckte einen von Kopf bis Fuß. Und die Worte ›Ja schämst du dich denn gar nicht?‹ hatten keinerlei Wirkung. Angenommen, man schämte sich. Ja, und was weiter?

»Wenn ihr euch liebt, dann lasst euch scheiden und lebt anständig zusammen«, sagte Vera. »Vielleicht schenkst du ihm ein Kind …«

Vera verstellte sich. Sie prüfte einfach den Boden unter ihren Füßen.

Lena sah auf ihre Uhr und sagte: »Jetzt gibt es Abendessen. Komm, wir gehen in den Speisesaal hinunter.«

»Ich gehe nicht mit«, sagte Vera.

»Du musst«, befahl Lena. Sie zog einen Jogginganzug an. »Wie setzen uns alle drei zusammen. Wir dürfen keinen Anlass zu Gerede geben. Alles ist in Ordnung. Jede ist an ihrem Platz: Du bist die Ehefrau, und ich bin die Co-Autorin.«

Vera schaute zur Seite. Sie litt.

»Weißt du, was beim Ehrenkodex der Chinesen das Wichtigste ist?«, fragte Lena. »Das Gesicht nicht zu verlieren. Verstehst du?«

»Ich bin auch eine Frau«, sagte Vera. »Ich habe doch auch eine Mutter.«

Alexander erschien. Als er Vera sah, hob er nicht mal eine Augenbraue.

›So ein Schauspieler!‹, dachte Lena. Das Schauspielhandwerk war Teil des Regisseurberufs.

Dann aßen sie zu Abend in der Kantine des ›Hauses der Künstler‹. Sie saßen friedlich da, wie eine Familie. Sie sprachen leise über irgendetwas und lächelten.

Die Besucher des ›Hauses der Künstler‹, überwiegend

ältere Leute in Jeans, strömten in den Saal. Das sollte mal jemand verstehen... Das war buchstäblich die ›neue Familie‹, wie Lilija Brik, Osja Brik und Majakowskij. Vera war in der Rolle des Osja Brik. Man musste es ertragen und sich verstellen. Aber alles blieb ruhig im Staate Dänemark.

Lena fuhr nach Bulgarien. Dort wurden die ›Tage der sowjetischen Literatur‹ veranstaltet.

Die Sonne, der bulgarische Wein, die Bulgaren selbst, die allgemeine Lebensfreude, all das strömte auf Lena ein. Es umfloss sie, fügte neue Klangfarben zur Musik ihres Lebens hinzu. Sie empfand sich plötzlich als jung, schön und erfolgreich. Ihr Buch war auch in Bulgarien erschienen. Man kannte Lena, las ihr Buch und verehrte sie.

Sie kam braungebrannt und fröhlich nach Hause zurück.

Alexander holte sie am Bahnhof ab. Er bemerkte sofort ihre Sonnenbräune, den kurzen Rock und ihre Unabhängigkeit.

Diese Unabhängigkeit musste er sofort brechen. Er musste zuschlagen, wie mit der Fliegenklatsche nach einer Fliege.

»Ich verlasse dich«, verkündete er.

»Ach ja?«, sagte Lena leichtsinnig und erstaunt. »Warum das denn?«

»Weil ich dir nicht das geben kann, was du willst.«

»Und das wäre?«

»Eine Familie.«

»Ich habe schon eine Familie. Wozu brauche ich zwei?«

Lena schaute frech und fröhlich drein.

Alexander war verstört. »Na, macht nichts«, versprach er. »Ich werde dir die Laune schon noch verderben.«

»Das wohl kaum«, sagte Lena zweifelnd.

Es war, als ob Lena in Bulgarien ihrem eigenen Namen begegnet wäre, sie hatte sich an ihrem eigenen Erfolg satt getrunken, und sie war unerreichbar geworden für feindliche Pfeile.

Mitten in der Nacht klingelte es an der Tür.

Lena dachte, dass ihre Nachbarin, diese Säuferin, Sturm läutete. Es hatte sie wohl wieder mal gepackt, die Seele lief über und brauchte jemanden zum Reden, und sie konnte nicht bis zum Morgen warten.

Lena setzte ein böses Gesicht auf und riss die Tür weit auf. Sie hasste versoffene Weiber. Aber in der Tür stand Anjuta, die Freundin aus dem Nachbartreppenhaus.

»Alexander ist für dich gekommen«, sagte Anjuta flüsternd. »Er will, dass du zu ihm kommst …«

»Wohin denn?«, fragte Lena verständnislos.

»Er sitzt bei uns und wartet.«

»Aber ich kann nicht … Wie soll ich denn jetzt aus dem Haus gehen?«

»Na, ich weiß ja auch nicht. Es ist ja dein Alexander. Er hat Borka zum Trinken animiert. Jetzt sitzen sie zusammen beim Wodka. Ich muss morgen zur Arbeit.«

Lena spähte ins Wohnzimmer.

»Was zum Teufel ist denn los?«, fragte Sergej scharf.

»Ich gehe für ein paar Minuten zu Anjuta. Sie hat mich drum gebeten.«

»Was ist denn?«

»Ihr Mann will sie verlassen. Sie hat mich um Hilfe gebeten, sie braucht Unterstützung.«

»Na, so eine Schlampe«, brummelte Sergej.

Er drehte sich auf die andere Seite. Das Sofa protestierte stöhnend. Lena flitzte in den Gang, steckte eilig die nackten Füße in Baba Poljas Filzstiefel. Der rechte Fuß geriet in den linken Stiefel und umgekehrt. Die Beine standen wie beim Ballett in der dritten Position, die Schuhspitzen zeigten nach außen. Lena zog sich einen fellgefütterten Mantel über das Nachthemd und verschwand mit Anjuta durch die Tür.

Alexander saß mit Anjutas Mann am Küchentisch. Sie tranken Wodka und unterhielten sich über Männerthemen: Fußball und Politik.

Lena trat in die Küche und blieb in der dritten Position stehen.

»Ich bin gekommen, um dich zu holen«, verkündete Alexander feierlich. »Du gehst jetzt mit mir.«

»Wohin?«, fragte Vera verständnislos.

»In mein Leben!«

»Alles klar. Aber wohin? Zu dir nach Hause? Zu Vera?«

»Das hat keine Bedeutung.« Alexander warf den Kopf zurück.

»Das ist deine Chance«, flüsterte Anjuta. »Pack sie beim Schopf! Vielleicht kommt sie kein zweites Mal. Geh!«

»Wohin?« Lena wandte sich zu Anjuta um.

»Ist doch unwichtig. Geh, ohne dich umzuschauen«, sagte Anjuta eindringlich.

»Eins sage ich dir. Hör zu«, sagte Alexander mit erhobenem Zeigefinger. »Du bist zu praktisch. Wohin? Wann? Wovon?«

»Gut. Ich gehe mit. Und morgen? Was sage ich zu Hause?«

»Tu es zuerst. Mach den Schritt. Und dann wird sich schon zeigen, was du sagen wirst.«

Lena sah zu Boden, auf die verdrehten Filzstiefel, die in verschiedene Richtungen zeigten. Vielleicht hatte Alexander ja recht, vielleicht konnte sie wirklich keinen Schlussstrich ziehen und sich losreißen. Aber sie war doch nicht allein. Hinter ihr standen ein kleines Mädchen und eine alte Frau, Kinder und Betagte, und für die war sie verantwortlich.

Alexander würde seinen Rausch ausschlafen und es sich morgen anders überlegt haben. Er würde sagen: ›Lass uns nichts überstürzen. Geh nach Hause!‹

Sergej war nicht aus Stein, man durfte seine Geduld nicht endlos auf die Probe stellen. Er würde sich umdrehen und einfach weggehen. Und sie würde mit dem Kind allein bleiben, mit nichts als dem Stolz einer Zigeunerin, die ihr Lager abgebrochen hat.

»Werd erst mal nüchtern, dann reden wir weiter«, sagte Lena schließlich.

Alexander wollte aufstehen, aber es gelang ihm nicht.

»Hält sich nicht mal auf den Beinen und will dich zu sich rufen«, kommentierte Borka das Geschehen.

»Er kann bei uns bleiben«, schlug Anjuta vor. »Wo soll er denn jetzt hin?«

Alexander nickte augenblicklich ein, noch während er auf dem Hocker saß.

Borka und Anjuta packten ihn unter den Armen und zogen ihn ins Wohnzimmer, wie einen verletzten Genossen. Seine Beine schleiften hinterher.

Lena kehrte nach Hause zurück. Dort war alles vertraut, solide und gehörte ihr. Sie schlich auf Zehenspitzen in ihr Arbeitszimmer und legte sich auf ihr eigenes Sofa. Wenn man es kühl betrachtete, war Alexander wie ein Jubiläumsrubel: Auf einer Seite so, auf der anderen Seite ganz anders. Alexander war auf der einen Seite ein Genie, ein Mozart. Aber auf der anderen – ein versoffener Kerl. Ein Alki.

Jetzt bekam Lena das Beste von ihm: seine Liebe und seine Begabung. Warum nicht alles so lassen, wie es war... Aber wenn man liebt, will man den anderen ganz. Man will ihn, wie einen Jubiläumsrubel, in der Faust halten, ihn in der Brusttasche verstecken, nahe beim Herzen. Um ihn nicht zu verlieren, damit er nur ja nicht aus Versehen herausfällt.

Der arme Alexander schlief, völlig ausgeklinkt, in einem fremden Haus. Vera und Margo schliefen wahrscheinlich nicht, regten sich auf, wurden fast verrückt.

›Man müsste Vera anrufen‹, dachte Lena.

Aber wie? Und was sagen?

Lena kam ins Filmstudio. Eine Redakteurin trat auf sie zu und sagte: »Was hört man da, dein Mann ist von dir weggegangen?«

»Ach ja?«, sagte Lena leichthin. »Heute Morgen war er jedenfalls noch da.«

»Doch, doch, der ist weg«, bekräftigte die Redakteurin.

»Vielleicht ist er zum Bäcker gegangen?«, schlug Lena vor. Und dann ging sie einfach weiter.

Sie begriff, dass die öffentliche Meinung instinktiv auf Seiten von Sergej stand. Wie konnte man einen Menschen auch jahrelang quälen. Die Öffentlichkeit dürstete nach Rache und Gerechtigkeit.

In den Studios kursierte noch eine andere Version, wonach Sergej eine Geliebte mit in die Wohnung gebracht hatte, und Lena diese ›schwedische Ehe‹ akzeptieren musste, da sie sonst nirgends hinkonnte.

Die Öffentlichkeit ärgerte es, dass alles so in der Luft hing. Entweder spring, oder tu einen Schritt zurück, aber wackle nicht an der Kante herum.

Lena träumte ja selbst vom großen Sprung. Aber das hing nicht von ihr ab. Sie konnte nur einen Schritt zurück tun, also Alexander verlassen. Aber auch das konnte sie nicht. Sie bestand ganz aus Liebe. Die Liebe zu töten hieße, sich selbst zu töten. Das kam nicht in Frage. Also blieb nichts anderes, als weiter an der Kante herumzuwackeln.

Die Gerüchte verbreiteten sich wie Löwenzahnsamen. Lena wunderte sich, woher plötzlich diese volkstümliche Kreativität kam. Das musste doch einen Autor haben. Der Autor fand sich. Es war eine Autorin, nämlich Vera. Sie führte ihren Kalten Krieg, genau wie die Amerikaner.

Fünf Jahre waren vorbei. Es wurde Juni. Der entscheidende Tag kam. Im Fernsehen übertrug man den Abschlussball im Kreml und die Streifzüge der frischgebackenen Abiturienten durch das nächtliche Moskau.

Lena wartete. Alexander schwieg. Er wollte sein Leben nicht verändern. Er brauchte beide: Vera und Lena.

Lena – das war die reine Liebe, der heiße Atem des Lebens. Vera – das war die Zuverlässigkeit in Person. Und Zuverlässigkeit ist für einen Trinker wie eine Brücke über den Abgrund.

An einem dieser Tage rief Lena Alexander an. Sie sprach nur ein Wort mit drei Buchstaben aus: »Nun?«

»Was?«, fragte Alexander begriffsstutzig, obwohl er genau begriff. Alles und sofort.

»Hat Iwan sein Abschlusszeugnis bekommen?«, fragte Lena nach.

»Ja, das hat er. Na und?«

»Du weißt, was.«

»Ach sooo, das«, sagte Alexander. »Ach, lass uns nichts überstürzen ...«

»Das hatten wir schon«, erinnerte ihn Lena.

»Wie stellst du dir das vor? Der Junge fängt an zu studieren, und ich verlasse das Haus?«

»Das hast du doch versprochen«, entgegnete Lena. »Dann hast du mich also belogen?«

»Ich verstehe nicht, warum du es so eilig hast. Ich renne doch nicht weg. Ich bin doch da. Ich bin ganz der Deine. Wo soll ich denn hin?«

Lena begriff: Alexander wollte Zeit schinden. Wollte die Sache in die Länge ziehen. Aber weiter konnte man sie nicht mehr ziehen. Sie riss.

Lena legte den Hörer auf und ging zum Kühlschrank. Sie nahm eine Flasche Wodka heraus und trank direkt aus der Flasche, wie ihre Alki-Nachbarin.

Sie trank viel, trank die Flasche fast leer. Dann ging sie mit entschlossenem Schritt zu ihrem Sofa und fiel in voller Länge darauf. Das Sofa erhob sich wie ein fliegender Teppich. Das Herz klopfte ihr bis zum Hals, aber es blieb in ihrem Körper.

Lena schlief zwanzig Stunden durch. Sie wachte nüchtern

auf. Sie war völlig ernüchtert und durchschaute alles. Aber der Durchblick tötet die Liebe. Die Gefährtin der Liebe ist die Blindheit.

Margo hatte vollkommen recht gehabt. Es war klar wie Kloßbrühe: Nach fünf Jahren ist entweder der Scheich tot, oder der Esel krepiert. Alexanders Liebe war in der Sackgasse gelandet.

Vera triumphierte still. Sie hatte gekämpft und gesiegt. Ihr gebührten Orden und der Titel einer Heldin.

Vera hatte mit allen Mitteln gekämpft: Sie hatte geduldet, Krach geschlagen, der Rivalin Knüppel zwischen die Beine geworfen, sie hatte Gerüchte gestreut und sogar Margo erpresst. Sie hatte gedroht, sich und das Kind zu töten, wie Medea. Es war ihr peinlich, daran zu denken.

Aber was sie alles getan hatte, war unwichtig, wichtig war das Ergebnis: Nelja hatte einen Toningenieur geheiratet, es war geradezu lächerlich. Sie hatte eine Goldmünze gegen einen roten Heller getauscht.

Lena war wie vom Erdboden verschluckt, war in der Masse verschwunden. Man sah und hörte nichts mehr von ihr.

Keine Telefongespräche mehr am Abend. Alexander war die ganze Zeit zu Hause. Die Familie versammelte sich um Iwan und beriet über seine Zukunft. Alles war in seine gewohnten Bahnen zurückgekehrt.

Der Familienrat beschloss: Iwan sollte ans Filminstitut, in die Fakultät für Schauspiel eintreten. Die Idee war von Vera. Vera war in ihren Schauspielberuf verliebt und fand, dass es keine schönere Beschäftigung gab. Außerdem war Iwan plötzlich in die Höhe geschossen, war gewachsen, hatte sich von einem kleinen, runden Brot in einen ausgesprochen schönen Burschen verwandelt. Er war wie ein Kunstwerk, so vollendet, als hätte ein Meister gerade den letzten Strich getan und den Pinsel hinlegt.

Iwan sah im Gesicht Vera ähnlich, aber mit männlicher Interpretation ihrer Züge. Von Alexander hatte er den Gang, den geraden Rücken und langen Hals. Der reinste Fürst Jusupow, rassig und grünäugig.

Vera sprach mit der Vorsitzenden der Aufnahmekommission, Nora Nikolejewna. (Für Vera war sie einfach Nora.) Sie brachte ihr ein fürstliches Geschenk, ein weißes Orenburger Spitzentuch aus feinster Ziegenwolle, und lud sie in ein Restaurant ein.

Nora sprach mit den übrigen Mitgliedern der Aufnahmekommission, obwohl das gar nicht nötig gewesen wäre. Iwan hatte eindeutig Talent, ganz abgesehen von seinem Äußeren. Schöne Schauspieler sind eine Seltenheit. Schönheit ist ein Geschenk der Natur.

Vera breitete für Iwans Leben den roten Teppich aus.

Iwan ging zur Aufnahmeprüfung und kam bester Laune zurück.

Aber da geschah das Unerwartete. Nora rief an und sagte, dass Iwan nur zum ersten Gespräch erschienen war, danach war er verschwunden. Er hatte die Prüfung gar nicht abgelegt. Zum Abschlussgespräch war er auch nicht gekommen. Man hatte seinen Platz einem anderen jungen Mann gegeben, der aus Sawropol angereist war. Und das war's dann.

Die Familie glich einem aufgestörten Bienenstock. Vera, Margo, Alexej Iwanowitsch und Alexander waren zunächst wie erstarrt, aber dann wurden sie alle aktiv und summten durcheinander. Am lautesten summte Vera. Ihr tat es um die verschwendete Energie leid, sie tat sich selbst leid.

»Was hast du denn damit zu tun?«, verwies Margo sie an ihren Platz. »Denk lieber an den Jungen.«

Alle setzten sich um den Tisch und warteten auf Iwan. Die Gesichter waren bekümmert, die Hände lagen auf dem Tisch, ein echter ›Kriegsrat‹. Es stand ein ernstes Verhör des Deserteurs bevor, der vom Schlachtfeld fortgelaufen war.

Iwan kam gegen Abend nach Hause, satt und zufrieden.

»Wo hast du gegessen?«, fragte Vera.

»Bei Freunden«, antwortete Iwan.

»Bei welchen Freunden?«

»Kann dir doch egal sein, du kennst sie sowieso nicht.«

»Schweig!«, unterbrach Margo Vera. »Was fragst du ihn für dummes Zeug? Als ob es keine wichtigeren Fragen gäbe…«

»Wieso hast du die Prüfung nicht gemacht?«, sprang Alexander in die Bresche.

»Ich wollte es nicht.«

»Was heißt das, du wolltest es nicht?«, fragte Alexander verständnislos.

»Ich will kein Schauspieler sein. Das ist ein blöder Beruf. Ein abhängiger Beruf.«

»Wie meinst du das?«

»Ganz wörtlich. Du wartest, dass sie dich auswählen, oder nicht auswählen, dass du zu Filmaufnahmen gerufen wirst, oder auch nicht. Du stehst da und wartest, wie eine Prostituierte am Bahnhof.«

»Dann bin ich also eine Prostituierte?«, fragte Vera nach Luft japsend.

»Nein, Nutten leben nämlich fröhlich. Man macht ihnen Geschenke.«

»Ist dir klar, dass du dann zur Armee musst?«, unterbrach Margo.

»Na und, sind das in der Armee vielleicht keine Menschen?« Iwan zog die Brauen hoch.

»Die Armee ist ein einziges Gefangenenlager. Du wirst nichts Gescheites zu essen haben und mit vierzig Leuten in einer Baracke schlafen.«

»Dafür lügen sie nicht.«

»Willst du etwa sagen, dass hier gelogen wird?« Alexander bohrte den Zeigefinger in den Tisch.

»Na klar, und wie ...«

Iwan redete Blödsinn, Alexander verlor die Geduld.

»Du verlierst zwei Jahre deines Lebens«, erklärte Margo.

»Etwas verliere ich, und etwas gewinne ich dazu ... Alle gehen in die Armee, na und?«

»Soll er doch gehen!«, sagte Alexander und schlug mit der Faust auf den Tisch.

Vera schluchzte, als hätte sie eine Todesanzeige bekommen. Iwan ging schnell aus der Küche. Dann knallte die Wohnungstür zu. Er war gegangen. Wohin? Zu wem? Wozu?

Es wurde still in der Küche.

Alexej Iwanowitsch stand auf und verkroch sich in seinem Zimmer. In letzter Zeit kam er selten daraus hervor. Das Familienleben interessierte ihn immer weniger.

Margo ging ebenfalls in ihr Zimmer, um zu weinen. Sie weinte nicht gern vor Leuten.

Vera und Alexander blieben zu zweit zurück.

»Vielleicht lernt er dort Chauffeur«, sagte Vera. »Dann hat er wenigstens einen Führerschein ...«

Alexander blickte unter schweren Lidern zu seiner Frau. Sein Sohn, der Star, sollte Chauffeur werden. Vielleicht auch noch Straßenkehrer, dann könnte er die Straßen sauber halten ...

In Alexander kochte die Empörung: Was hatte er nicht alles geopfert für den Sohn? Hatte sich selbst die Luft abgeschnürt, ein Doppelleben gelebt, sich die Seele verknotet. Und jetzt das ...

»Wofür?«, fragte Alexander Vera.

»Für dein ganzes schmutziges Leben«, antwortete Vera ruhig. »Dafür, dass du dir alles herausnimmst, dir nichts versagt hast.«

»Ich bin dir gar nichts schuldig. Du hast dich selbst zu meiner Ehefrau ernannt und den Posten ausgefüllt. Mit tödlicher Zuverlässigkeit.«

»Und du hast es weidlich ausgenutzt. Ich habe den Haushalt geführt, unseren Sohn erzogen, Geld verdient, hab mich um deine Eltern gekümmert. Ich habe alles getan, was Ehefrauen tun, ja sogar mehr. Du hast mich ausgenutzt, hast nie deine Rechnungen mit mir beglichen. Und das alles vor den Augen des Kindes. Jetzt hast du das Ergebnis.«

»Warum hast du mich nicht verlassen?«, fragte Alexander.

»Schicksal ...«

»Das Schicksal gestalten die Menschen selbst«, entgegnete Alexander.

»Das Schicksal wird von oben gelenkt ...«

Alexander ging in sein Zimmer. Er legte sich aufs Sofa.

Vera hatte die grausame Wahrheit gesagt. Die Armee war der Preis für Lena. Für alles musste man bezahlen. Aber warum mit dem Sohn? Und warum war das Schicksal so ein Schweinehund?

Im Haus war Trauer angesagt, als ob jemand gestorben wäre.

Eines Abends nach dem Essen kam Margo mit einem neuen Kleid und frisch vom Friseur herein.

»Was ist passiert?«, fragte Alexej Iwanowitsch.

»Gar nichts ist passiert«, sagte Margo einfach. »Es ist absolut nichts passiert. Iwan geht zur Armee und kommt in zwei Jahren zurück. Er wird erwachsen werden und reifer und in die Regiefakultät eintreten. In der Tat, was ist das schon für ein Beruf für einen Mann: Schauspieler. Wanja hat völlig recht. Es ist ein Frauenberuf. Regisseur dagegen, das ist was ganz anderes. Regisseur ist ein gebender Beruf. Und Schauspieler ist ein Bittsteller-Beruf mit ausgestreckter Hand. Wanja ist schlauer als wir alle.«

Allen Misslichkeiten und Schlaglöchern auf dem Weg setzte Margo ihre Lebenslust entgegen.

Sie hatte eine wunderbare Charaktereigenschaft, die sich ihrem Verstand verdankte. Was man nicht ändern konnte, musste man liebgewinnen. Das nennt man ›sich mit Stolz abfinden‹.

Iwan ging zur Armee.

Seine Truppe war in der Nähe von Moskau stationiert.

Alle drei Monate fuhr Vera hin, beschenkte die Truppenführer, brachte Künstler mit für Konzerte.

Margo behielt recht: Iwan wurde erwachsen und erwarb

unnötige Erfahrungen (beispielsweise zu marschieren und durch den Schlamm zu robben). Nach zwei Jahren kehrte er zurück. Mit einem Mädchen namens Olja.

Das Mädchen war lieb und sehr dörflich.

»Wo hast du denn die her?«, fragte Alexander.

»Vom Jugendklub. Wir haben uns beim Tanzen kennengelernt.«

»Was denn für ein Klub?«

»Ein Dorfklub. Im Dorf Mamyri.

»Und wieso hast du sie mitgebracht?«

»Sie ist schwanger. Achte Woche.«

»Hat sie denn keine Eltern?«

»Eine Mutter ...«

»Soll sie zu ihrer Mutter fahren. Du musst jetzt studieren und auf eigene Füße kommen.«

»Aber sie ist doch schwanger«, wiederholte Iwan.

»Willst du etwa ein Kind haben? Spinnst du? Du bist doch selbst noch ein Kind.«

Olja kam herein.

»Ich habe alles gehört«, sagte sie. »Wieso wollen Sie unser Kind nicht?«

»Ein Kind muss man ernähren«, erklärte Alexander.

»Gibt der liebe Gott den Tag, dann gibt er auch was zu essen«, sagte Olja.

»Den Tag gibt der liebe Gott, das stimmt. Aber was zu essen werde ich geben müssen.« Alexander riss die Augen auf und tippte sich mit dem Finger auf die Brust, um dem Satz Nachdruck zu verleihen.

»Von Ihnen brauchen wir gar nichts«, sagte das Mädchen beleidigt. »Von Ihnen nehme ich sowieso nichts.«

Das Mädchen verschwand nach Mamyri.

Iwan versprach, so bald als möglich zu ihr zu ziehen.

»Willst du wirklich nach Mamyri?«, fragte Vera.

»Wieso denn nicht? Sind das dort vielleicht keine Menschen?«

»Das sind andere Menschen. Nicht solche wie wir.«

»Na und? Ihr seid für sie auch ›andere Menschen‹«, antwortete Iwan.

Vera stammte ja selbst vom Dorf. Genau so ein Mamyri. Wie viel Kraft hatte es sie gekostet, bis sie zu diesen ›anderen Leuten‹ gehört hatte. Für Iwan war der rote Teppich ausgelegt zum Gipfel der Gesellschaft. Er hätte heiraten können, wen immer er gewollt hätte, selbst die Prinzessin von Monaco. Aber Iwan ignorierte Veras Kampf, ging wieder nach unten, nach Mamyri, zu Armut und Trunkenheit, und Dorftanz einmal in der Woche. Nein, das durfte einfach nicht sein …

»Nein, das darf nicht wahr sein«, bekräftigte auch Alexander. Vera und Alexander waren sich für einmal einig in ihrer Lebensperspektive.

Iwan legte die Aufnahmeprüfung ab, aber nicht am Filminstitut, wie die Familie vorgeschlagen hatte, sondern an der Universität. In der historischen Fakultät. Ihn interessierte die Vergangenheit.

»Wieso in der Vergangenheit rumwühlen, die du nicht ändern kannst?«, fragte Vera verwundert.

»Die Vergangenheit lügt nicht«, antwortete Iwan. »Um das Heute und das Morgen zu verstehen, muss man das Gestern gut kennen.«

Vera verstand ihren Sohn nicht. Nach wem kam er denn plötzlich? Vielleicht nach ihrem einen Onkel, der ein Revolutionär gewesen war? Der Onkel hatte die Revolution vorangetrieben, hatte die Vergangenheit der Zukunft zuliebe zerschlagen. Mit dem Ergebnis, dass jetzt das Vergangene zerstört war und die Zukunft noch nicht aufgebaut.

Iwan bestand die Aufnahmeprüfung ohne jegliche Bestechung. Er bestand sogar glänzend. Die Aufnahmekommission war entzückt darüber, dass Iwan sämtliche Daten wusste, alle Regierungszeiten, alle vergangenen Kriege. Die Daten sprudelten nur so über seine Lippen. Es war eine Freude, ihm zuzuhören. Und ihn anzusehen war auch eine Freude. Er war schön, gut erzogen und gebildet.

Iwan begann sein Studium. Sein Lieblingsort war die Lenin-Bibliothek. Er bestellte Bücher und wühlte in Archiven. Er brachte interessante Zeitzeugnisse nach Hause. Von historischen Persönlichkeiten sprach er so, als seien es seine Etagennachbarn und als kenne er sie persönlich.

Alexander hörte zu und kam zu dem Schluss, dass dreihundert Jahre eigentlich gar keine so lange Zeit waren. Auch die Menschen hatten sich nur äußerlich verändert. Im Menschen selbst war alles beim Alten geblieben. Alexander Menschikow beispielsweise wollte Macht, Geld und liebte seine Kinder. Und die heutigen Politiker wollten ebenfalls Macht und Geld und liebten ihre Kinder.

Alexander war Materiellem gegenüber fast gleichgültig. Er schuf sich seine eigene Welt und beeinflusste so das Bewusstsein der Menschen um ihn herum.

Vera glaubte an Gott wie all ihre Vorfahren zu allen Zeiten. Gott war ihr eine Stütze und eine Rechtfertigung. Wer wäre sie denn sonst, Vera? Der Abfalleimer für Alexander, wo er seinen Katzenjammer, seine Launen und seine Kartoffelschalen ablud.

Das Studienjahr begann.

Der Kurs war zusammengewürfelt aus verschiedensten Schichten und Regionen: junge Leute aus Moskau und aus der tiefsten Provinz, Söhne aus guten Familien und vollkommen Unbekannte, von denen niemand wusste, wer sie waren und woher sie kamen.

Das Studienjahr begann mit der Kartoffelernte. Man musste die Ernte auf den Feldern um Moskau einbringen.

»Wozu in der Kolchose wohnen und bei Regen in der Erde rumwühlen?«, fragte Vera besorgt.

»Was alle machen, das mache auch ich. Wieso bin ich was Besseres?«, fragte Iwan.

Vera ging zu einem Arzt, den sie kannten, und bekam ein Attest, dass Iwan eine chronische Nierenkrankheit hätte.

»Du bleibst zu Hause«, verkündete Vera. »Du wirst in deinem eigenen Bett schlafen und von mir zubereitete Mahlzeiten essen.«

Aber Iwan pfiff auf das Attest. Sein Gerechtigkeitsgefühl war ausgesprochen entwickelt, wenn nicht sogar überentwickelt. ›Wie alle, so auch ich‹, war seine Losung.

Nach der Kartoffelernte begann endlich das Studium.

Iwan verliebte sich ziemlich schnell in ein Mädchen von der journalistischen Fakultät und war mit dieser Liebe von morgens bis abends beschäftigt. Ein Jahr verflog wie ein Tag.

Am Ende des Studienjahres kam Polikarpow auf Iwan zu, ein dreißigjähriger Kerl mit Eierkopf, und schlug Iwan vor, zu einer Polarstation zu fahren. Sie könnten dort eine Leninfigur in Lebensgröße aus Zement gießen und dafür viertausend Rubel kassieren. Für jeden zweitausend Rubel. Das war unglaublich viel Geld.

Iwan war interessiert. Er hatte vor, eine bedeutende Summe nach Mamyri zu schicken.

In Mamyri war inzwischen ein Mädchen geboren worden. Sie nannten sie Rebekka. Oder abgekürzt Rjaba.

»Und wieso so ein langer Name?«, fragte Margo.

»Sie wollen, dass es wie in der Stadt ist«, erklärte Vera.

»Aber in der Stadt hat man gar nicht solche Namen.«

»Nun ja ...«

Vera verstand, was das Mädchen Olja und ihre Mutter bewegt hatte. Sie wollten näher zur Intelligenzija rücken. Vielleicht hatten sie aber auch einfach einen englischen Film gesehen.

Die Polarstation war am Ende der Welt. Aber Vera sagte nichts. Sollte Iwan ruhig fahren, sich mal von seinem Mädchen aus der journalistischen Fakultät etwas ablenken. Man konnte doch nicht mit zwanzig schon heiraten.

Iwan hatte keine Ahnung, wie man die Leninfigur aus Zement formen würde. Aber Polikarpow beruhigte ihn. Er kannte die ganze Technik. Seine Leninfiguren zierten mehr als eine Polarstation im Hinterland des Reiches. Dort waren die Leute bescheidener, die Ansprüche tiefer. Selbst wenn die Figur Lenin nicht sehr ähnelte, würde das nichts machen. Niemand schaute so genau hin. Hauptsache klein und kahlköpfig und mit einem Arm nach vorn – in Richtung Sieg des Kommunismus.

Iwan bereitete sich auf die Abreise vor.

Margo flatterte umher wie ein Vogel im Käfig.

»Wo treibt es dich denn hin?«, krächzte Margo. »Mal die Armee, mal eine Polarstation, Hauptsache von zu Hause weg. Als wären die Wände hier mit Mist beschmiert.«

»Hör auf, dich in ein fremdes Leben einzumischen«, riet ihr Iwan.

»Wo ist hier ein fremdes Leben? Ist dein Leben etwa ein fremdes Leben?«, drang Margo in ihn. »Was redest du denn da? Jetzt hör dir mal an, was du da sagst.«

»Und jetzt hör du mir mal zu. Setz dich.«

»Wozu?«

»Setz dich und hör genau zu.«

Margo setzte sich hin. Entmutigt sah sie ihren Enkel an.

»Du hast schon einen aufgefressen und zerkaut, verstehst du?«, fragte Iwan.

»Wen?« Margo verstand gar nichts.

»Deinen Sohn, meinen Vater. Du hast ihn zerkaut und ausgespuckt. Aber das reicht dir noch nicht. Jetzt fängst du bei mir an. Aber merk dir eins: mit mir nicht. Ich gebe nicht auf.«

»Wie redest du denn mit deiner Großmutter …«, mischte sich Vera ein.

»Ja, stimmt es vielleicht nicht? Ist es nicht so? Ihr ganzes Leben hat sie meinen Vater manipuliert wie ein Weichensteller. Hierhin, dorthin … Er hat geweint, sich betrunken, aber deine Hand ist hart …«

»Ich wollte doch nur das Beste«, sagte Margo verstört.

»Und woher weißt du, was das Beste ist? Bist du vielleicht der liebe Gott?«

Iwan lief in den Flur. Er zog sich an und ging. In die Bibliothek oder zu seinem Mädchen von der journalistischen Fakultät.

Margo versteinerte, wie Lots Weib. Dann blinzelte sie. Sie sagte: »Das fehlte noch … hab ich das verdient …?«

Margo machte sich auf zum Tschaikowski-Saal. Zu einem Konzert des Sweschnikow-Chors. Es war eine Protestaktion.

Margo hatte beschlossen, nun nach ihren eigenen Interessen zu leben, zu Konzerten zu gehen, sich mit Freundinnen zu treffen und zu reisen. Nach Bulgarien zum Beispiel.

Aber sie hatte keine anderen Interessen als die Interessen der Familie. Sie fühlte sich in Alexanders Gedankengänge ein, tröstete die Panikdrossel Vera, bediente ihren Mann – von ihrem Enkel ganz zu schweigen. Ein Prinz. Die Sonne im Fenster. Sie hatte ihn von klein an aufgezogen. Jetzt war er zwei Meter lang, und was jetzt? All ihre Bemühungen sollten vergebens gewesen sein?

Vor dem Gebäude, wo Leute überzählige Karten weiterverkauften, erstand Margo eine Eintrittskarte. Sie setzte sich in die zwanzigste Reihe.

Der Saal war voll, was seltsam war. Wer interessierte sich denn heutzutage noch für akademischen Chorgesang? Das war ja interessant.

Der Dirigent konzentrierte die Aufmerksamkeit auf sich. Der Chor sammelte sich, spannte sich an.

»Es flog die Nachtigall davon, in fremde warme Lande …«, sang der Solist in silberhellem Tenor.

»Für lange sag ich euch adieu, ihr Menschen …«, setzten die Altstimmen ein. *»Zeit ist's für mich, davonzufliegen …«*

Der Chor sang rein und traurig, als wäre es ein Abgesang. Es traten einem die Tränen in die Augen. Margo hob den Blick und sah, dass die Decke auf sie zukam. Die Wände an den Seiten schienen zu wanken.

Neben Margo saß eine junge Frau mit Noten auf den Knien, sie studierte sicher am Konservatorium. Sie beugte sich zu Margo und fragte leise: »Ist Ihnen nicht gut?«

»Nein, nein …«, sagte Margo erschrocken.

Sie fürchtete, andere zu beunruhigen, wollte niemandem zur Last fallen. Feingefühl ist eine Qualität des echten Intellektuellen. Margo lud ihre Probleme niemals anderen auf die Schultern. Und sogar ein Problem wie die Angst vor dem Tod wollte sie mit niemandem teilen. Sie behielt es für sich. Die Menschen waren gekommen, um den Chor zu hören, und wenn sie währenddessen zu sterben beschloss, dann war das ihre Sache.

»Doch wenn der Frühling erwacht, kehre ich zu euch zurück, mit einem neuen Lied«, sang der Chor.

»Kehre ich zu euch zurück …«, hallte es in Margos Bewusstsein nach, und dann flog sie davon, einer sich in die Höhe schraubenden Krähe nach.

Die Ambulanz kam und fuhr sie ins Krankenhaus.

Alexander hatte eine Tonprobe. Der zweite Anlauf. Man konnte ihn lange nicht ans Telefon bekommen. Schließlich schaffte man es.

Er brach die Tonaufnahmen ab und raste ins Krankenhaus.

Margo lag nicht einfach blass da, sie war weiß wie die Wand. Ein kleiner Körper unter einer dünnen Decke.

Alexander konnte nicht glauben, dass die aktive, schöne Margo und diese weiße, grauhaarige Margo ein und dieselbe Person sein sollten.

»Du wirst dich wieder erholen«, versuchte Alexander sie zu überzeugen. »Jetzt gibt es in Amerika ein neues Medikament. Ich sage es Jegorytschew, er bringt es dir mit.«

»Hatte ich einen Schlaganfall?«, fragte Margo.

»Ja. Aber du hast einen harmlosen Schlaganfall. Ich habe mit dem Arzt gesprochen.«

Margo lächelte mit einer Hälfte des Mundes: »Ich hab keine Angst. Ich bin schon sechsundsiebzig. Das Todesalter für unsere Regierungsoberhäupter.«

Jedes Mitglied der Sowjetführung hatte genau bis zu diesem Alter gelebt, der Elite-Medizin und besten Ernährung zum Trotz. Also war es einem nicht beschieden, älter zu werden. Es wäre jedenfalls unbescheiden gewesen, mehr zu wollen.

»Aber Sarah hat bis hundertzwanzig gelebt«, erinnerte Alexander.

»Welche Sarah?«

»Abrahams Frau. Unsere Urahnin. Und Moses lebte vierhundert Jahre.«

Margo antwortete zuerst nicht. Dann sagte sie: »Ich habe dein Leben aufgefressen … Wenn du willst, dann heirate Lena.«

»Zu spät. Ich habe sie zu lange hingehalten.«

»Du bist noch nicht alt. Fünfzig, für einen Mann ist das die Blüte seiner Jahre.«

»Denk jetzt nicht daran. Ruh dich einfach aus.«

Margo schloss die Augen.

»Ich komme morgen wieder«, versprach Alexander.

Alexander kehrte ins Filmstudio zurück. Er musste die Tonprobe zu Ende bringen.

Margo blieb allein. Sie begann darüber nachzudenken, was mit ihr passiert war. Mehr als alles auf der Welt fürchtete sie – nicht den Tod, nein. Sie fürchtete, ›in einer Ecke zu hocken‹, wie die Straßenkehrerin Dusja das nannte. Das hieß, gelähmt zu sein, eine Last zu werden für seine Liebsten. Sie würden natürlich Mitgefühl haben, würden sie nicht in einem Invalidenheim abladen, aber ihre Lebensqualität würde sich drastisch verringern. Was für ein Leben war das, mit einem Pflegefall im Haus …

Alle Last läge auf Vera. Sie müsste Köchin sein, Haushälterin, Volksschauspielerin, Krankenschwester und Nachtwache. Das war einfach zu viel … Wenn sie damals den General geheiratet hätte, der sie umwarb, dann würde sie heute einen Persianermantel tragen. Das ging doch nicht … Aber sie hatte sich in einen Kerl verguckt, der zehn Jahre jünger war, und das Ergebnis: nicht ein einziger heller Tag im Leben! Die arme Vera. Und auch Alexander war arm dran. Sie hatte sich eingemischt, hatte sein Leben nach ihren Vorstellungen geformt, und das Ergebnis waren drei unglückliche Menschen: Alexander, Vera und Lena.

Iwan war ganz für sich. Ein Einzelgänger. Er brauchte keine Frau. Er, als junger Mensch, brauchte die Erfahrungen der älteren Generation nicht. Er brauchte überhaupt keine fremden Erfahrungen. Er würde sich seine eigene Welt schaffen.

Sollte der liebe Gott sie doch von ihrer Dienstreise zurückbeordern. Wenn sie ihren Nächsten nicht mehr dienen konnte, dann brauchte sie sich selbst auch nicht mehr.

Es hatte viel Gutes gegeben, viel Liebe. Alexander und Iwan – sie hatten wie die Sonne ihr Leben erhellt. Und es kam ihr vor, als ob gerade durch die Liebe die Gefäße im Gehirn geplatzt wären. Ausgerechnet die Liebe überflutete jetzt die lebenswichtigen Zentren.

In den Ohren entstand ein Druck. Ein Chor sang. Aber woher kam denn plötzlich der Chor? Oder dröhnten etwa die Wasserrohre …?

Die Trauerfeier für Margo fand im Festsaal der Musikhochschule statt. Das war ihre letzte Arbeitsstelle gewesen.

Margo ertrank buchstäblich in Blumen. Sie lag ruhig da, grauhaarig und schön. Man kannte und liebte sie. Und man verabschiedete sich nicht von dem Körper, sondern wirklich von Margo, der begabten und unterschätzten Margo.

Vera, in einem schwarzen Umhang aus Wologodsker Spitze, war der Kummer in Person. Sie trauerte ehrlich, aber sie dankte auch dem Schicksal. Margo hatte es richtig gemacht, indem sie gestorben war. Margo hatte immer alles richtig gemacht.

Vera stand am Sarg, dann ging sie irgendwo hin und kam wieder zurück. Sie hatte einen Haufen Verpflichtungen: der Transport zum Friedhof, das Begräbnis, die Trauerfeier.

Alexander konnte einfach nicht glauben, dass es Margo nicht mehr gab. Er sah natürlich den offenen Sarg und das tote Gesicht, aber es drang nicht in sein Bewusstsein. Denn wenn er es glaubte, konnte er sich nur noch erschießen.

Der Regieassistent, Alik Pachomow, sah voller Angst zu Alexander. Er befürchtete, dass Alexander durchdrehen und sich vor aller Augen erschießen würde.

Alexanders Blick traf den von Alik, und unerwartet blinzelte er ihm aufmunternd zu. Alik wunderte sich. Der Meister brauchte Unterstützung, und unterstützte selbst seine Mitstreiter. Er nahm der Tragik das Pathos.

Alik ging weg und rief Lena an.

»Wie geht es ihm?«, fragte Lena.

»Er hat mir zugeblinzelt«, antwortete Alik.

»Alles klar…«, sagte Lena.

Sie verstand nicht nur seine Filme, sondern auch ihn selbst.

Lena war nicht zum Begräbnis gegangen. Margo – das war Veras Territorium, und sie wollte nicht stören.

Iwan kam nicht zur Beerdigung seiner Großmutter. Die Polarstation war zu weit weg. Vera bestand auch nicht darauf. Margo war sowieso nicht mehr da. Und was da im Sarg lag, das war nicht Margo. Sollte er seine Großmutter lebend in Erinnerung behalten.

Spät in der Nacht, nach der Trauerfeier, fuhr Alexander zu Lenas Haus.

Lena setzte sich nicht zu ihm ins Auto. Sie standen unter dem Sternenhimmel.

»Mich quälen zwei Dinge«, sagte Alexander. »Erstens: Ob sie vor dem Tod wohl noch Schmerzen gehabt hat? Hat sie gelitten? Und zweitens: Hatte sie Angst? Schmerz und Angst. Und die ganze Zeit denke ich: Vielleicht hat sie plötzlich die Todesangst gepackt, sie hat mich mit dem Blick gesucht, und um sie herum waren nur die Krankenhauswände und alles fremd. Warum bin ich bloß zu dieser verdammten Tonaufnahme gegangen? Als hätte ich das nicht auch am nächsten Tag machen können. Oder gar nicht. Verflucht sei dieser Film!«

Lena schwieg einen Moment. Dann sagte sie: »Mit dir kann man nicht leben. Und sterben kann man mit dir auch nicht.«

Alexander hatte gehofft, dass Lena ihn trösten würde. Sie würde irgendwelche Worte finden, schließlich war sie Schriftstellerin. Aber Lena wollte ihn aus irgendeinem Grund nicht trösten. Sie sagte die bitterböse Wahrheit. Und wer brauchte die schon in diesem Moment …

Die Zeit verging. Die Tage folgten einer auf den anderen, als würden sie von einem Wollknäuel abgespult. Es wurde Alexander nicht leichter ums Herz. Im Gegenteil. Die Sehnsucht nach Margo wuchs. Es wurde unerträglich.

»Leg die Hand ins Feuer«, riet Vera, »der körperliche Schmerz verdrängt den seelischen.«

Dieses Rezept hatte Vera aus Márquez' Roman *Hundert Jahre Einsamkeit*.

Alexander beachtete den blödsinnigen Vorschlag seiner Frau zuerst nicht. Aber dann fing er an zu überlegen: Warum sich die Hand verbrennen, wenn man eine Operation machen lassen konnte, die sowieso unumgänglich war.

Man hatte Alexander schon lange geraten, sich die Gallenblase entfernen zu lassen, die voller Steine war. Alexander hatte nie Zeit für die Operation gefunden. Schließlich war es auch kein Vergnügen, sich unters Messer zu legen. Die Angst vor der Operation, die Operation selbst, die Narkose, die Nähte, all das würde ihn von seinem seelischen Schmerz ablenken. Er würde kämpfen, überleben und wieder gesund werden. In andere Fahrwasser kommen.

Alexander ging ins Krankenhaus und legte sich hin. Es gefiel ihm dort.

Der Arzt, ein behaarter Jude in den besten Jahren, machte einen überzeugenden Eindruck. Er beruhigte ihn: Die Operation sei nicht kompliziert, in etwa wie die Entfernung eines Blinddarms. Es ginge schnell, würde nicht weh tun und sei nicht gefährlich.

Die Krankenschwestern umsorgten ihn. Die Geschickteste unter ihnen war Tatjana, mit Nachnamen Dabisha. Der Nachname reimte sich auf den Vornamen.

Eines Tages, bei ihrer Schicht, fragte Tatjana: »Wollen Sie mal meine Zähne sehen?«

»Wieso?«, fragte Alexander verwundert.

»Nicht eine einzige Plombe ...«, sagte Tatjana.

Ohne seine Zustimmung abzuwarten, öffnete Tatjana weit den Mund. Die Zähne waren tatsächlich allesamt neu wie aus dem Geschäft, makellos weiß und rein.

Unvermittelt dachte Alexander, dass auch Tatjana so war – neu und wie frisch gewaschen vor lauter Jugend. In seinem Bauch wurde es heiß. Auf einmal wollte er zu gern Tatjana packen und unter die Decke ziehen. Aber für den nächsten Tag war die Operation angesetzt. Das hielt ihn ab.

Alexander hatte keine Angst vor der Operation. Er ließ sich widerstandslos in den Operationssaal bringen, als ginge er nur Zigaretten holen. Und er wunderte sich sehr, als er sich beim Erwachen aus der Narkose in Schmerzen wand und ihm übel war. Aus seinem Bauch ragten alle möglichen Schläuche.

Alexander fragte den Arzt: »Wieso tut es so weh?«

»Na, was wollen Sie?«, antwortete der Arzt. »Das ist eine Bauchhöhlenoperation, ein Eingriff in die Galle …«

›Sie versprechen einem das eine, in Wirklichkeit kommt was anderes raus‹, dachte Alexander. ›Überall Betrug und Pfusch.‹

»Halten Sie durch«, sagte der Arzt. »Sie sind doch ein Mann …«

Tatjana gab ihm Spritzen gegen die Schmerzen, mit Schlafmitteln gemischt. Alexander schlief ein, doch selbst im Schlaf fühlte er Schmerzen und Übelkeit.

Nach ein paar Tagen brachte man Alexander zum Verbinden und zog ihm die Schläuche aus dem Bauch. Die Galle sollte nun ihre natürliche Aufgabe erfüllen und an der Verdauung mitwirken. Aber die Galle entzündete sich und das Bauchfell ebenfalls. Es war eine seltene Komplikation.

Was man am meisten fürchtet, tritt oft ein. Man musste eine zweite Operation machen. Nochmals aufschneiden, ausspülen und wieder die Gummischläuche einsetzen.

Der Arzt fluchte. Er wusste, dass man ihm wegen dieses Patienten das Fell über die Ohren ziehen würde, er könnte von Glück sagen, wenn man ihn nicht sogar rauswarf.

Der Arzt arbeitete schon die dritte Stunde am offenen Körper Alexanders: Er spülte aus, legte trocken, arbeitete mit allen möglichen Instrumenten.

Alexanders Gesicht entspannte sich. Er starb.

Alexander fuhr im Zug und schaute aus dem Fenster. Der Zug fuhr in einen Tunnel aus Kummer. Am Ende des Tunnels war ein schwaches Licht. Das Licht kam näher. Und da erschien Margo. Nicht die frühere, junge und schöne Margo, sondern die, die er zuletzt gesehen hatte, die alte und kranke. Sie sah Alexander und hob die Hand. Sie winkte abwehrend und verschwand.

Ihre Geste besagte: ›Nein, nein, auf keinen Fall …‹ Der Zug bremste ab. Er blieb stehen. Dann bewegte er sich langsam zurück und fuhr rückwärts aus dem Tunnel hinaus.

Alexander öffnete die Augen. Über ihm hing das Gesicht von Tatjana Dabisha. Und weiter weg, verschwommen, war das Gesicht des Regieassistenten Alik Pachomow. Alik bewegte die Lippen, und Alexander verstand durch Lippenlesen, dass Alik fluchte. Er regte sich auf.

Alexander lächelte schwach und blinzelte ihm kaum merklich zu. Alik brach mitten im Wort ab.

Alexander war aus der anderen Welt zurück und nahm der Tragödie das Pathos. Alexander mochte es nicht, wenn es zu viel von etwas gab. Alles musste das rechte Maß haben; das rechte Maß finden, das ist Begabung.

Lena ging durch Frankfurt, Hamburg und Köln.

Es war das Jahr sechsundachtzig. Die Deutschen interessierten sich sehr für die Russen, für alles Russische, auch für die Literatur. Sie luden ein, sie zahlten, aber gebummelt wurde nicht. Dann erlosch das Interesse an Russland wieder, aber das war später.

Jede Stadt hatte ihre Sehenswürdigkeiten, aber Lena interessierten nur die Geschäfte. Bis sie vierzig war, hatte Lena angezogen, was es gerade gab, was sie bei einer Schwarzhändlerin so ergattern konnte. Billige Sachen, die oft schon aus dritter Hand waren. Und dann plötzlich dieses Märchen. Sie war in den Gärten der Semiramis gelandet, und das Geld reichte für alles. Lena beschloss, sich von Kopf bis Fuß neu einzukleiden. Sie kam sich vor wie aus einem Drittweltland. Und die Sowjetunion war damals ein Drittweltland, was denn sonst …

Lena kaufte sich etwas für den Alltag, etwas Feierliches, etwas Sportliches, und all das für die nächsten zehn Jahre. Sie kaufte Sachen für Baba Polja, bis ins Grab und darüber hinaus. Für Sergej, von Kopf bis Fuß. Wer sollte denn sonst etwas für ihn kaufen.

Sergejs Eltern waren jetzt arm, sie lebten von einer Pension, besser gesagt von zwei Pensionen, aber das waren nur ›Katzentränen‹, wie man auf Russisch sagt. Der Staat betrog jeden und alle. Es war der programmierte Bankrott. Lena kaufte auch für Sergejs Eltern ein. Sergejs Mutter kaufte sie einen modischen Pullover, mit winzigen Glasperlen bestickt. Ihre Schwiegermutter war doch die ›ewige Eva‹, und sie wollte sie nicht mit etwas Altmodischem beleidigen.

Ganz zum Schluss ging Lena in ein teures Geschäft und kaufte Jeans für Alexander. Schwarze, aus festem Stoff, für alle Jahreszeiten.

Alexander war ein Mann, der in der Öffentlichkeit stand, alle sahen ihn an, er musste besser aussehen als die anderen. Er war sowieso besser als alle anderen. Einfach und schwierig gleichzeitig. Mehrschichtig. Alki und Genie. Und ein Schutzengel. Er hatte Lena vor sich selbst beschützt. Wenn sie ihn geheiratet hätte, dann lebe wohl Literatur. Ihre Tochter würde wegen einer Flasche in die Weinabteilung des Geschäfts Gastronom rennen und in einer langen Schlange stehen, zusammen mit mürrischen Männern in grauen Mänteln.

Dieser Kelch war an Lena vorbeigegangen. Sie hatte Alexanders Liebe und sein Talent abbekommen. Und sie hatte ihm dasselbe geschenkt: ihre Liebe und ihr Talent. Die Hochglanzseiten des Lebens…

Ein Gedanke durchfuhr sie: Für Vera etwas mitbringen. Aber was? Sie erinnerte sich an Veras zerrissenen Hauskittel. Vielleicht könnte sie ihr einen neuen kaufen. So ein Kittel war eine bequeme Sache. Aber seltsamerweise gab es in keiner der deutschen Städte solche Kittel zu kaufen. So etwas wurde in Deutschland wohl nicht produziert.

Alexander kam aus dem Krankenhaus zurück. Er hatte siebzehn Kilo abgenommen. Sein Hals war lang und faltig geworden, wie bei einem Truthahn. In seinen Augen stand tiefe Angst. Vera schlich auf Zehenspitzen um ihn herum, wagte nicht, ihn unnötig zu stören. Iwan saß in Margos Zimmer, das jetzt sein Zimmer war, und spielte Flöte wie ein Hirte. Die Flöte hatte er am Arbat gekauft, bei einem Händler, der selbstgemachte Folkloreartikel feilbot.

Vera sagte: »Spiel nicht auf der Flöte…«

Aber Iwan spielte. Sie konnte bitten oder drohen, es war, wie gegen eine Wand zu reden.

Irgendwo in Mamyri wuchs ein kleines Mädchen heran. Vera und Alexander taten so, als gäbe es sie nicht.

Eines Abends rief Alexander Vera in sein Zimmer.

»Ich muss dir etwas sagen«, begann er.

»Dann sag es«, sagte Vera gleichmütig.

Sie war Alexanders Gleichgültigkeit leid. Sie erwartete jeden Tag, dass er Klartext reden und sie in den Rachen der Einsamkeit stoßen würde.

»Ich wollte mein Leben ändern, aber es hat nicht geklappt«, sagte Alexander unerwartet. »Jetzt bist du die Chefin dieses Haushalts. Hier, nimm das …«

Alexander hielt ihr einen Schlüsselbund hin, der früher Margo gehört hatte. Es waren die Schlüssel zur Eingangstür, zur Garage, für den Briefkasten und für den Safe, in dem sie das Geld aufbewahrten und den Familienschmuck. Der Schlüsselbund war das Symbol des Heims. Und nun wurde er Vera ausgehändigt.

Wie sehr hatte sie auf diesen Moment gewartet. Tag für Tag. Monat für Monat. Jahr für Jahr. Wie bei einem Wettkampf war sie mit Lena um die Wette gerannt. Und nun lag sie, Vera, endlich vorn. Finish und Sieg. Freudenschüsse in die Luft.

Vera nahm den Schlüsselbund. Er war schwer. Ihre Nase wurde feucht vor Rührung. Vera schneuzte sich und ging in die Küche. Nicht mehr als Küchensklavin, sondern als vollwertige Hausherrin. Als Schlüsselträgerin.

Vera setzte sich auf einen Stuhl. Sie fühlte in sich hinein. Doch da war nur Stille. Vera empfand keinen Triumph. Auch bei ihr hatte es zu lange gedauert. Sie war nur noch müde. Aber mit der Müdigkeit trat Ruhe ein. Der vollkommene Frieden des Sieges. Sie musste nicht mehr wetteifern, bangen und hassen. Nun konnte sie einfach leben. Und ihre Nächsten lieben.

Die Schlüssel erinnerten sich noch an Margos Hände. Für Vera stand es außer Zweifel, dass Margo ihr weiterhin half, aus der anderen Welt. Danke dir, Margo.

Zwei Tage später rief Tatjana Dabisha an. Vera nahm ab.

»Kann ich mit Alexander Alexejewitsch sprechen?«, fragte Tatjana.

»Was möchten Sie von ihm?«, fragte Vera streng.

»Sagen Sie ihm, dass er morgen, am Dienstag, Blut abgeben muss zur biochemischen Analyse, wegen der Leberwerte, des Bilirubins ...«

»Einen Moment, ich rufe ihn. Sagen Sie es ihm selbst.«

Vera hatte keine Lust, sich all diese medizinischen Ausdrücke zu merken. Sich den Kopf mit diesem Unsinn vollzustopfen.

»Es ist für dich!«, rief Vera laut.

Alexander nahm den Hörer.

»Morgen, Dienstag, bitte um acht Uhr hier erscheinen, nüchtern, Blut zur Analyse abgeben, im zweiten Stock, Zimmer zweihundertsiebzehn. Sie müssen unbedingt kommen, sonst können wir Ihnen kein Gesundheitsattest geben.«

»Und später geht es nicht?«, fragte Alexander.

»Nein. Dann ist die Laborantin weg.«

»Und mit wem rede ich?«, fragte Alexander.

»Tatjana Dabisha«, stellte sich Tatjana offiziell vor.

»Ach so, Tatjana ...« Jetzt erkannte Alexander sie und freute sich irgendwie.

Alexander erschien genau um acht.

Tatjana sah mürrisch aus und stach ihm rachsüchtig die Nadel in die Vene.

»Wieso zeigst du mir heute deine Zähne nicht?«, fragte Alexander.

»Warum sollte ich, bin ich vielleicht ein Pferd?«

»Und wieso bist du so grantig?«

»Weil ich noch nichts gegessen habe«, erklärte Tatjana. »Wenn ich hungrig bin, bin ich immer grantig.«

»Komm, lass uns zusammen frühstücken gehen«, schlug Alexander vor.

An diesem Morgen um acht fing alles an.

Tatjana lebte allein, war frei wie der Wind, und unterschied sich dadurch wohltuend von Lena, die die ganze Zeit versucht hatte, auf zwei Stühlen zu sitzen.

Tatjana war keine Schauspielerin, keine Schriftstellerin. Sie war einfach jung und fröhlich, wie ein junger Hund. Dreißig Jahre jünger als Alexander und dreißig Mal fröhlicher. Eine ungetrübte Sicht auf das Leben. Und das war wichtiger als alle anderen Talente.

Alexander ergriff nie die Initiative in seinen Beziehungen zu Frauen. Die Initiative ergriffen immer die Frauen. So geschah es auch in diesem Fall. Tatjana erwies sich als energisch, risikofreudig und erfahren. Sie ging selbst auf Alexander zu, packte den erschlafften Regisseur bei seinem edelsten Teil und schob es in ihren jungen Körper.

Alexander widersetzte sich eine gewisse Zeit, aber dann beschloss er, dass Gott ihm eine allerletzte Chance gegeben hatte. Und er ein Dummkopf wäre, wenn er diese Chance verstreichen ließe.

»Vielleicht sollte ich heiraten?«, fragte Alexander Alik Pachomow.

»Ein junger Körper ist etwas Wunderschönes«, antwortete Alik unbestimmt.

»Wenn nicht jetzt, wann dann?« Diese Frage stellte Alexander weniger Alik als sich selbst.

Sein vergangenes Leben entfernte sich wie ein Raketenträger. Die Beziehung mit Lena hatte einer überkochenden Bouillon geglichen, auf deren Grund es wild brodelte, und man nicht genau wusste, was da kochte.

Vera war ein Klotz am Bein. Er zog nach unten. Über einem die Wassermassen, und keine Luft zum Atmen. Man wollte nur das Gewicht loswerden, und ab nach oben! Zur Luft, zum Licht, ganz an den Anfang zurück. Das Leben neu schreiben ...

Alexander regelte sein Problem innerhalb von vierundzwanzig Stunden. Er wollte endlich wie ein Mann handeln. Er war ganz besoffen von seiner eigenen Entschlusskraft.

Alexander ging in Veras Zimmer und sagte: »Ich habe mich verliebt.«

Vera ahnte die Gefahr nicht. Sie kommentierte leichthin: »Na, wunderbar. Es ist doch schön, verliebt zu sein. Man hat gleich bessere Laune.«

»Ich werde heiraten«, verkündete Alexander kurz und bündig.

»Und ich?«, fragte Vera verständnislos.

»Du ziehst zu dir, in deine eigene Wohnung.«

»Und der Schrank?«

Vera klammerte sich an eine beliebige Kleinigkeit. Ihr war, als stünde sie auf dem Gipfel eines Berges, ergötzte sich am Anblick des Sonnenaufgangs (oder Sonnenuntergangs). Und plötzlich, aus heiterem Himmel, stieß sie jemand in den Rücken, und sie flog hinunter in den Abgrund, wobei sie versuchte, sich irgendwo festzuklammern, und doch wusste, dass vor ihr nur der Aufprall lag – und ein zersplitterter Schädel.

»Und der Schrank?«, wiederholte Vera.

Der Schrank war riesig, man konnte ihn nicht anheben, und Vera dachte, dass man ihn nicht aus der Wohnung kriegen würde. Und sie gehörte zu diesem Schrank. Wo der Schrank war, da war auch Vera.

Alexander rief Alik Pachomow an und stellte ihm eine Aufgabe: den Schrank aus der Wohnung schaffen, egal wie!

Es war Sonntag. Alik Pachomow sah gerade fern. Seine Frau buk Kekse. Ein Geruch nach Vanille waberte durch die Wohnung. Es war der Geruch von Ruhe und Gemütlichkeit.

Als Alik seinen Auftrag bekam, stand er auf und packte seine Sachen.

»Wohin gehst du denn jetzt?«, fragte seine Frau.

»Ich soll einen Schrank aus einer Wohnung transportieren«, antwortete Alik.

»Was denn für ein Schrank?«

»Ein dreitüriges Monster aus Eiche, wiegt fast eine halbe Tonne.«

»Bist du der Regieassistent oder der Mann fürs Grobe?«, fragte seine Frau beleidigt.

»Na, was ist ein Regieassistent denn sonst, deiner Meinung nach? Er ist der Mann fürs Grobe.«

Alik ging aus dem Haus, es regnete und schneite gleichzeitig. Der Auftrag war klar. Vor einem Laden heuerte er vier Arbeiter an, hielt einen Lastwagen an und fuhr mit ihm zu Alexander.

Die kräftigen Kerle nahmen den Schrank auseinander und trugen ihn hinunter.

Vera kam es vor, als würden sie ihr Leben auseinandernehmen und wegtragen. Sie konnte nicht mal sprechen, obwohl sie viel zu sagen gehabt hätte. Zum Beispiel, dass sie sich zwanzig Jahre für diese Familie abgerackert hatte, dass man eine sechzigjährige Frau nicht auf die Straße setzt, dass sie ihn liebte, immer noch liebte …

Aber Vera schwieg. Sie versteinerte. Sie hatte nicht mehr die Kraft, auch nur ein Wort auszusprechen.

Dann geschah es, dass Vera, bevor sie auszog, auch noch ihre Rivalin sah. Eine Woche zuvor hatte es an der Tür geklingelt. Vera hatte geöffnet. Auf der Schwelle standen zwei Frauen. Eine ältere und eine jüngere.

Sie sagten, sie wären von den Gaswerken und müssten den Gasherd überprüfen. Ob nicht etwa unkontrolliert Gas austrat.

Vera ließ sie herein.

Das Duo kam mit hartem Schritt in die Küche, dann gingen sie in jedes Zimmer und berührten die Heizkörper. Kurz darauf verabschiedeten sie sich schnell wieder. Keinerlei Quittungen, keinerlei Papiere.

Eine Woche später stellte sich heraus, dass die jüngere Gaswerksangestellte Alexanders Objekt der Begierde war.

Kreativ wie sie war und ohne hemmende Komplexe hatte sich Tatjana Dabisha dieses Spektakel mit dem Gas selbst ausgedacht. Sie hatte die Wohnsituation vorher überprüfen wollen. Wozu lange warten?

Die Wohnsituation gefiel ihr: eine Vierzimmerwohnung im Zentrum. Tatjana hatte eine Einzimmerwohnung in der Schlafstadt Bibirjewo. Dorthin konnten sie Alexanders Sohn schicken, den Brillenträger und Archivarius. Sollte er mal auf eigenen Füßen stehen. Vera könnte in ihre eigene Wohnung ziehen. Und Tatjana würde ins Zentrum übersiedeln. Alles in Butter.

Tatjana würde einen berühmten Mann haben, interessante Gespräche und eine gute Position in der Gesellschaft. Das war doch gleich was anderes als Krankenschwester mit der Spritze.

Vera war schon alt – von Tatjanas Standpunkt aus gesehen. Was braucht ein Mensch mit sechzig noch groß?

Von der Höhe, oder besser gesagt von der Tiefe ihres Alters aus war sechzig unendlich weit weg, kaum am Horizont zu erkennen.

Der Schrank war abgebaut. Die Sachen aus dem Schrank waren in einem Bündel verschnürt. Das Bündel war groß geworden, als hätte man ein Unterbett mit eingepackt. In zwanzig Jahren sammelt sich viel Kram an.

Das Bündel trugen die Männer auch in den Laster. Die Tasche mit den Dokumenten und dem Geld nahm Vera in die Hand.

Es kam der Moment des Abschieds.

Vera trat in die Küche.

Alexej Iwanowitsch aß Nudeln. Er liebte Milchnudeln.

Alexander aß nichts. Er starrte stur auf den Tisch. Ihm war diese ganze Abschiedsprozedur unangenehm. Vielleicht war es ihm auch peinlich vor Vera, schließlich waren sie fünfundzwanzig Jahre zusammen gewesen.

Tatjana Dabisha stand auf der Straße unter den Fenstern, zitternd vor Kälte. Sie bewachte den Platz. Tatjana hatte nicht erwartet, dass sie sich so leicht einen tollen Mann angeln würde. Sie hatte ihn praktisch ohne jede Anstrengung an Land gezogen. Fast wie einen lockeren Zahn aus dem Zahnfleisch. Schwupps, und da war er, Alexander. Tatjana konnte ihr Glück kaum fassen. Aus Bibirjewo ins Stadtzentrum. Von der Krankenschwester zur First Lady. Die reinste Aschenputtelgeschichte.

Vera trat auf Alexander zu, um ihn zum Abschied zu küssen, wie es bei den Orthodoxen Brauch ist. Aber Alexander ließ den Kopf hängen, und Vera erwischte seinen Scheitel. So küsste sie ihn auf den Scheitel.

»Lass die Schlüssel da«, sagte Alexander.

Vera legte den schweren Schlüsselbund auf den Tisch. Das war der Schlusspunkt.

Eine Stunde später betrat Vera ihre eigene Wohnung.

Sie warf sich aufs Sofa und heulte wie eine Wölfin.

Die Leute, die unter ihr wohnten, blieben stehen und schauten hoch. Sie verstanden nicht: Wer mochte da so heulen? Ein Mensch oder ein Hund…

Lena kehrte am Tag nach der Hochzeit aus dem Ausland zurück. Abends kam Alik Pachomow zu ihr und teilte ihr mit, was geschehen war. Es war ein Auftrag von Alexander: Alik sollte es ihr persönlich sagen, nicht am Telefon. Das kam Alexander höflicher und respektvoller vor.

Lena hörte die Nachricht und nutzte die Gelegenheit, um Alik die Jeans für Alexander zu übergeben.

Alik wunderte sich, dass Lena so ruhig war. An ihrem Gesichtsausdruck änderte sich überhaupt nichts.

Vielleicht war es ihr tatsächlich ganz egal. Oder wie seine kleine Tochter sagte: ›Danz edal.‹

Lena bot ihm einen Kaffee an. Als sie das Tablett hereintrug, zitterten ihre Hände.

»Deine Hände zittern ja!«, sagte Alik verwundert.

Lena sagte nichts. Sie bestätigte es nicht, und sie stritt es nicht ab. Ihre Hände zitterten tatsächlich. Aber das war auch schon alles.

Um ein Uhr nachts wurde es ganz still im Haus. Das kleine Mädchen und die Kinderfrau schliefen im Kinderzimmer. Sergej schlief auf dem ausklappbaren Sofa im Wohnzimmer.

Lena blieb in ihrem Arbeitszimmer. Ihr stand eine lange Nacht bevor, angefüllt bis an den Rand. Womit? Mit Alexanders Verrat. Mit ihrem Leiden.

Lena rief Alexander nicht an. Die Hochzeit war ein endgültiger Akt. Wozu noch anrufen? Um zu fragen: ›Schämst du dich nicht?‹ Ganz offensichtlich schämte er sich nicht.

Aber man musste auf seinen Schritt doch irgendwie reagieren. Und Lena wusste, wie sie reagieren würde. Sie würde sich aus dem fünften Stock werfen. Ihr Herz würde sich von der Aorta losreißen. Ein zerrissenes Herz, das wäre die Antwort.

Lena trat zur Balkontür, entfernte die Abdichtungsstreifen aus Papier und zog an der Tür. Sie öffnete sich einen Spaltbreit. Staubige Watte und Papierstreifen wehten herein.

Der Balkon war schneebedeckt. Aus dem Schnee schauten Dreiliterkanister hervor. Man sah nur die runden Öffnungen der Kanister. Lena stellte sich vor, wie sie barfuß auf die Kanister trat … Aber der fünfte Stock reichte vielleicht nicht. Vielleicht war es nicht hoch genug. Sie wäre vielleicht nicht tot, hätte nur jede Menge Brüche … Und säße bis an ihr Lebensende im Rollstuhl.

Lena stand noch eine Weile vor der Balkontür. Der Wind wehte um ihre Beine. Dann überlegte sie es sich anders. Sie schloss die Tür und verklebte sie wieder mit den Papierstreifen.

Lena dachte, sie würde diese Nacht nicht einschlafen. Sie glaubte, sie würde die ganze Nacht im Feuer des Verrats brennen. Aber dann schlief sie doch ein. Und sie schlief gut. Unbegreiflicherweise.

Das Märchen von Aschenputtel endete schon bei der Hochzeit. Prinz Alexander betrank sich sogleich.

Aschenputtel erkannte sofort, dass der Prinz ein Säufer war. Sie war durch diese Schule schon gegangen. Ihr Vater war Alkoholiker, und in ihrer Kindheit und Jugend hatte Tatjana eingehend den Trinkzyklus beobachten können: Zuerst konnte man nicht aufhören, dann trank man und schlief dazwischen. Und dann versank alles in Alkoholschwaden.

Tatjana war noch jung, aber sehr entschieden. Mit ihr war nicht zu spaßen. Am Tag nach der Hochzeit rief sie ein paar Leute vom Krankentransport an. Sie hatte ja in ihrer Klinik viele Bekannte. Alexander wurde auf eine Station gebracht, an den Tropf angeschlossen, und das Gift wurde aus ihm abgeleitet. Der Trinkzyklus war unterbrochen. Tatjana hatte keine Lust zu warten, bis Alexander sich selbst dazu entschlösse. Sie hatte die Nase voll davon, ihr Leben mit so etwas zu verbringen.

Nach einem halben Jahr sagte Tatjana: »Du machst die Codierungsbehandlung. Oder ich gehe.«

Alexander schaute die junge Frau gequält an. In ihren Augen blitzte es kalt wie Kristall. Alexander begriff: Sie würde ihn verlassen. Und was dann? Lena war nicht mehr da, seine Mutter war nicht mehr da. Den anderen war er sowieso egal. Die anderen Menschen hatten ihr eigenes Leben.

Was blieb ihm dann? Die Liebe des Volkes. Aber das war nur etwas Virtuelles, wie man heute sagt.

»Die Codierungsbehandlung ist gefährlich«, widersetzte sich Alexander. »Ich verliere vielleicht mein Talent.«

»Lieber ohne Talent, aber am Leben«, entgegnete Tatjana.

»Aber wozu ein solches Leben?«

»Ein lebendiger Hund ist besser als ein krepierter Löwe.«

Dagegen konnte man schwerlich etwas sagen. Schließlich unterzog sich Alexander der Codierungsbehandlung und trank nicht mehr.

Weder Margo noch Vera waren mit Alexander fertig geworden. Sie hatten nur geweint und gestöhnt. Aber Tatjana hatte gehandelt.

Wie ein Dichter sagte: ›Das Gute muss mit Fäusten daherkommen.‹ Aber wenn man jemanden liebt, wie kann man da mit Fäusten kommen? Man hat nur seine Tränen.

Dann kam die Perestroika.

Vera wurde plötzlich wieder jünger. Sie kümmerte sich um ihre Frisur. Kleidete sich gut. Sie warf den alten Hauskittel weg.

Und sie drehte andauernd Filme. Ihr einfacher volkstümlicher Typ wurde gebraucht, ganz unabhängig vom Alter.

Viele wussten nicht, dass Vera und Alexander getrennt waren. Ihre gleichaltrigen Kolleginnen wurden älter, ihnen war es egal, das Alter macht ja überhaupt gleichgültiger. Und die Jungen – das war eine andere Generation. Wenn sie Vera ansahen, konnten die Jungen sich nicht vorstellen, dass diese Großmutter irgendwann einmal jung und schlank gewesen war, dass sie geliebt und gelitten hatte. Es kam ihnen vor, als sei sie schon immer so gewesen wie jetzt.

Das zwanzigste Jahrhundert ging zu Ende. Die Zeiten änderten sich.

Die jungen Frauen hatten es mit dem Heiraten nicht mehr eilig. Sie machten erst einmal Karriere.

Es zählte plötzlich die Persönlichkeit, unabhängig vom Familienstand.

Vera machte eine zweite, glänzende Schauspielkarriere. Sie wurde noch besser. Ihre Persönlichkeit war auch nicht düsterer geworden durch all die Erniedrigungen. Vera war wie ein Baum, der auf einem Dach wächst. Er hat keine Erde, und seine Wurzeln konnten sich nicht in die Tiefe graben, aber da steht er trotz allem, der Baum. Lebendig und mit den Blättern rauschend.

Lena lebte weiter wie bisher. Arbeitete, wie sie bisher gearbeitet hatte.

Sie stimmte sich nicht und verstimmte sich nicht, sie war schließlich keine Gitarre. Ihre Saiten hatten, damals wie jetzt, denselben Klang, dieselbe Tonlage.

Alexander, so stellte sich heraus, war die größte Erschütterung ihres Lebens gewesen, und sie schrieb nur darüber: über die unglückliche Liebe. Unendlich schöpfte sie aus diesem Brunnen namens Alexander. Die Kritiker nannten ihr Thema: ›die Suche nach dem Ideal der Liebe‹.

Wenn sie Alexander nicht begegnet wäre, hätte sie kein Thema gehabt. Und vielleicht hätte es ihre Bücher dann gar nicht gegeben. Aber die Bücher erschienen, eins nach dem anderen, und gingen weg wie warme Semmeln, denn jeder Mensch hat in seinem Leben etwas Ähnliches erlebt. Und man darf nicht vergessen, dass das Leiden an der Liebe das tiefste ist. Bei neunzig Prozent der Selbstmorde sind Liebesverwicklungen der Grund.

Alexander hatte Lena ausgebeutet, bestohlen, hatte sie leiden lassen. Aber dieses Leid hatte sich in Gold verwandelt. Sie hatte ihr Leid in ein Werk umgegossen. Sie war berühmt und unabhängig geworden.

Wenn Alexander nicht gewesen wäre, so hätte der Magnet ihres Talents wohl andere Themen angezogen. Und vielleicht hätte sie nicht so teuer für den Erfolg bezahlen müssen. Aber das kann man nicht nachprüfen. Und man kann auch nichts mehr ändern. Alles ist, wie es ist.

Eines Tages rief Alexander Lena an. Sie erkannte seine Stimme und wunderte sich, aber sie verbarg ihre Verwunderung.

»Ich habe nur dich geliebt«, sagte er mit Alltagsstimme. Ohne Pathos. Also war er nüchtern.

»Deine Worte sind nur heiße Luft«, antwortete Lena.

»Aber Luft braucht man zum Atmen und zum Leben …«

»Das stimmt …«, sagte Lena.

Und wirklich war Alexander nicht völlig aus ihrem Leben gegangen. Er war in der Luft aufgelöst. Sie atmete ihn ein.

Ein echtes Gefühl ist wie ein archäologisches Fundstück, es sinkt mit der Zeit in die Kulturschicht ein und liegt in der Tiefe der Erde. Von oben sieht es aus, als wäre da nichts, doch wenn man zu graben anfängt …

»Wie lebst du so?«, fragte Alexander.

»Ohne Lüge und ohne Sonne«, bekannte Lena.

»Du hast doch alles«, sagt Alexander ungläubig.

»Alles außer dir.«

»Mich hast du auch.«

Lena schwieg einen Moment. Irgendwann hatte sie das schon einmal gehört. Es kam ihr bekannt vor. Es musste aus einem früheren Leben stammen. Die Franzosen nennen das ein Déjà-vu-Erlebnis.

»Und was soll ich damit tun?«, fragte Lena.

»Womit?«

»Damit, dass ich dich habe.«

»Du sollst gar nichts damit tun. Du sollst es nur wissen.«

Das letzte halbe Jahr hatte Iwan in der Schweiz verbracht. Er hatte Dokumente gesammelt, die mit der russischen Revolution zusammenhingen. Diese Forschungsreise hatte sein Vater für ihn eingefädelt, oder besser gesagt, ein Freund seines Vaters, Jegorytschew, der Beziehungen nach ganz oben hatte.

Iwan lebte in Zürich, er wohnte in einem kleinen Hotel. Der Besitzer des Hotels war ein freundlicher Deutscher. Die Angestellten waren zwei Thailänderinnen.

Iwan besuchte das Café, in dem der junge Lenin gesessen hatte, damals, in der Blüte seiner Jahre. Lenin war von angenehmem Äußeren gewesen. Er war eine Mischung aus deutschen und kalmückischen Vorfahren, ein seltener, überraschender Cocktail.

Die Schweiz hatte keine eigenen Genies. Auf diesem Gebiet hatte sie keine Gipfel. Aber die Schweiz schuf das Klima, in dem fremde Ideen reifen konnten. Die fremden Ideen fielen auf die dortige Erde wie auf fruchtbaren Boden und wuchsen zu mächtigen Gewächsen heran.

Man sagt, dass die Schweiz langweilig sei. Aber langweilig ist es nur dem, der nichts zu tun hat. Für den, der etwas zu tun hat, ist die Schweiz der beste Ort, um zu arbeiten.

Sonntags nahm sich Iwan frei von der Archivarbeit. Er lieh sich vom Hotelbesitzer ein Fahrrad und fuhr kreuz und quer durch Zürich.

Diesmal fuhr er am Ufer der Limmat entlang.

Das Flussufer war ein Treffpunkt für Drogensüchtige. Sie lagen unbeweglich im Gras, wie die Seehunde, träumten ruhig vor sich hin und störten niemanden. Und auch sie störte niemand mit Moralpredigten. Wenn du süchtig sein willst, bitteschön, deine Sache. Es ist dein Leben.

Iwan fuhr gern durch die Stadt und hörte dabei Musik. Es war wie ein Tanz: die Bewegung, der Rhythmus, die göttliche Ordnung der Töne. Er war in seinem Traum, keine Gewissensbisse quälten ihn. Die Energie der Bewegung und die Harmonie. Wie gut das tat!

Iwan bog auf den Bellevue-Platz ein, der laut und hektisch war. Er wollte über die Kreuzung fahren, weg von dem menschlichen Ameisenhaufen.

Iwan drehte den Lenker scharf herum, machte eine Zickzack-Bewegung zur Seite und …

Weiter war nichts mehr.

Der ältere Schweizer, der hinter dem Lenkrad saß, konnte gar nicht verstehen, was passiert war. Er war auf seinem Weg gewesen, hatte alle Verkehrsregeln beachtet, die erlaubte Geschwindigkeit nicht überschritten, und plötzlich … ganz plötzlich, der Himmel weiß woher, war ein Fahrradfahrer vor seine Räder geflogen. Ein Schlag! Ein Krachen. Das Fahrrad prallte auf die Kühlerhaube, und der junge Fahrradfahrer flog in die Luft, wobei er die Arme wie Flügel ausbreitete. Er beschrieb in der Luft einen großen Bogen und knallte auf den Asphalt.

Der Schweizer sprang aus dem Wagen. Der Junge lag da und schaute in den Himmel. Sein Gesichtsausdruck war heiter, fast glücklich. Neben ihm lag ein kleiner Discman mit Kopfhörern. Aus ihnen erklang zarte Musik.

Die Polizei und die Ambulanz kamen. Der Junge hatte keinerlei Papiere bei sich. Wer war er? Was war passiert? Warum?

Niemand suchte nach Iwan, und er lag fünf Tage im Leichenhaus. Dann machte sich der Hotelbesitzer Sorgen: Wo war sein junger Gast geblieben? Er rief bei der Polizei an und meldete sein Verschwinden.

Der junge Gast tauchte im Leichenschauhaus wieder auf. Man musste seine Angehörigen informieren. Zuerst rief man in der Botschaft in Bern an. Die Botschaft rief in Moskau an.

Alexej Iwanowitsch ging an den Apparat. Er hörte die kurze Benachrichtigung und verstand überhaupt nichts. Er fragte nach: »Was ist los?«

Man erklärte es ihm noch einmal. Dann begriff er.

Alexander und Vera flogen nach Zürich.

Man musste die Leiche überführen, nach Moskau bringen und nach orthodoxem Brauch beerdigen.

Alexander weigerte sich zu glauben, was geschehen war.

Er zweifelte nicht daran, dass alles nur ein Missverständnis war, dass sich bald aufklären würde.

Das Flugzeug flog über den Wolken.

Alexander betrachtete die Wolken und dachte: Wohin geht die Seele? Steigt sie nach oben wie Dampf? Oder steigt sie gar nicht nach oben? Und die Toten bleiben unter den Lebenden. Sie beobachten uns und nehmen an allem teil, wir sehen sie nur nicht. Es ist eine andere, eine parallele Welt. Wie der Ozean. Ein anderer Raum, eine andere Zeit.

»Unsere Toten lassen uns nicht im Stich«, sang einst Wyssotzkij. Vielleicht war das ja ganz konkret gemeint und nicht als Metapher. Genies und großen Künstlern ist ja ein doppeltes Sehen gegeben.

Vera saß im Sitz neben ihm. Mit den Tränen war alle Kraft buchstäblich aus ihr herausgeflossen. Sie war leer und erstarrt, sie fühlte ihren Körper nicht mehr, sie war wie eine Puppe aus Watte. Und plötzlich überwältigte sie der Schlaf.

Iwan kam auf sie zu. Er sah seine Mutter an und lächelte zärtlich und ein bisschen von oben herab.

»Na, was hast du denn?«, fragte Iwan leicht vorwurfsvoll. »Mir geht es doch gut hier. Ich male. Hier habe ich wunderbare Farben, wie es sie bei euch gar nicht gibt ...«

Vera betrachtete die geliebten Gesichtszüge und verstand nicht: War sie wach, oder war es eine Erscheinung? Sie öffnete die Augen. Da verschwand Iwan. Aber er war doch da gewesen. Er war sehr wohl da gewesen, ruhig und unbeschwert. Ihm ging es gut dort. Er malte. Im Leben hatte er nie gemalt. Als er noch am Leben war, hatte er sich mit der Vergangenheit beschäftigt, als wenn er gewusst hätte, dass er selbst keine Zukunft hatte.

Es gefiel ihm dort. Er war fröhlich und ausgeglichen...

Vera wurde es leichter ums Herz. In ihr drin ließ etwas los.

Sie steckte nicht den Kopf in den Sand wie Alexander.

Sie wusste: Iwan war nicht mehr unter den Lebenden. Aber er war irgendwo. Sie würden sich wiedersehen. Es war nur eine Frage der Zeit.

Es klingelte endlos lange an der Tür.

Lena schrak zusammen und öffnete die Augen. Es war fünf Uhr morgens.

Irgendein Mistkerl hatte den Finger auf die Klingel gelegt und überlegte wohl, ohne den Finger wegzunehmen.

Lena ging in den Flur und riss die Wohnungstür auf. Auf der Schwelle stand ihre Nachbarin, die Säuferin.

»Gib mir fünfundzwanzig Rubel!«, forderte sie.

»Ich hab kein Geld«, sagte Lena scharf.

»Glaub ich nicht«, sagte die Nachbarin.

»Ehrenwort. Ich brauche es selber.«

»Gib mir fünfundzwanzig Rubel!«

»Nein. Und jetzt raus.«

»Alexanders Sohn ist verunglückt. Tödlich. Gib mir fünfundzwanzig Rubel...«

Lena versteinerte. Sie begriff sofort, dass es die Wahrheit war. Sie hatte keine Kraft mehr, sich der verrückten Nachbarin zu widersetzen.

Sie nahm ihre Geldbörse und hielt der Nachbarin schweigend das Geld hin. Die Nachbarin nahm es und verschwand schlagartig. Sie fürchtete, dass Lena es sich anders überlegte und ihr das Geld wieder wegnähme.

Lena ging ans Telefon. Sie rief Alik Pachomow an. Die Uhr zeigte halb sechs.

»Ist das wahr?«, fragte Lena, ohne vorher auch nur zu grüßen.

»Ja, es ist wahr«, antwortete Alik. »Die Trauerfeier ist am Montag. Kommst du?«

»Wozu?«

»Damit Alexander dich sieht.«

»Soll Vera in Ruhe ihren Sohn beerdigen. Das fehlte noch, dass sie mich dort sieht.«

»Na, wie du meinst …«

Sie schwiegen einen Moment. Das Schweigen dauerte an. Lena dachte, dass die Verbindung unterbrochen sei, und rief laut und verzweifelt: »Alik!«

»Ich bin ja hier …«, sagte Alik mürrisch. »Ja … so stehen die Dinge …«

Nach der Beerdigung war das Leichenmahl.

Menschen traten auf Alexander zu, sagten etwas. Alexander nickte, als habe er zugehört und verstanden. Aber er hörte gar nicht richtig hin. Er wartete nur, bis alles vorüber war.

Schließlich war es vorbei.

Alexander kam nach Hause zurück und ging in sein Zimmer.

Tatjana erledigte sofort einen Anruf. Geschäftlich. Sie hatte einen Secondhand-Laden eröffnet. Sie importierte gebrauchte Sachen aus Deutschland. In Russland brachte man sie auf Vordermann und verkaufte sie für gutes Geld. Das war sehr einträglich, es war besser, als Filme zu drehen.

Alexander nahm aus seinem Geheimfach eine Pistole. Die hatte ihm ein Bewunderer seines Talents einmal besorgt, ein reicher Mann. Alexander hatte sie immer gut versteckt, aber jetzt nahm er sie heraus.

Er legte sich aufs Bett, mit dem Gesicht zur Wand. So lag er und sah die Wand an. Vor seinen Augen die helle Tapete mit Palmenmuster, wie mit bräunlichem Stift bemalt. An diese Tapete erinnerte sich Alexander noch aus Kinderzeiten. War diese Wohnung tatsächlich so lange nicht renoviert worden? Dreißig Jahre? Oder vierzig?

Alexander spannte den Hahn. Er drückte ab. Vor seinen Augen war noch immer dieselbe Tapete. Er verstand nicht: In welcher Welt befand er sich jetzt?

Er setzte sich auf, stellte die Füße auf den Boden. Sofort kam der Kater und strich ihm um die Beine. Er rieb sich an ihm. Derselbe Kater, den er seit ewig kannte, und er rieb sich an ihm mit derselben vertrauten Bewegung.

Auf dem Flur war Tatjanas Stimme zu hören. Immer schrie sie in den Hörer, misstraute der Technik. Auch jetzt schrie sie wieder.

Alexander wurde klar, dass er noch am Leben war. Die Pistole hatte eine Ladehemmung gehabt.

Ein zweites Mal würde er sich nicht erschießen. Er hatte es mit der Angst zu tun bekommen.

Tatjana Dabisha eröffnete drei Wäschereien. Das erwies sich als nicht so einfach: Bestechungsgeld, Unterschriften, Ladenmiete.

Tatjana zahlte keinerlei Bestechungsgeld. Sie manipulierte mit Alexanders Namen. Ihr etwas abzuschlagen hieß, einem großen Künstler etwas abzuschlagen. Und die Großen hatten schließlich Sonderrechte auf alles, sogar auf die Anmietung eines Ladenlokals. Die Beamten lösten das schwierige Problem.

Alexander lag tagelang mit dem Gesicht zur Wand, er wollte nicht mehr leben. Er hatte den Sinn seines Lebens verloren.

Diese anhaltende Depression war wie ein Klotz an Tatjanas Bein. Bei ihr war schließlich niemand gestorben, ganz im Gegenteil: Das Geld floss in Strömen, das Leben lief wie geschmiert.

Man musste das Problem Alexander irgendwie lösen, aber wie?

Wenn sein Lebenssinn verloren war, dann musste man ihm eben einen neuen geben.

Tatjana konzentrierte sich. Sie konnte sich gut konzentrieren, wenn es sein musste.

Das war das Geheimnis ihres Erfolgs im Leben.

Alexander wurde von Schlaflosigkeit gequält. Er dämmerte erst gegen Morgen ein und schlief dann bis zum Mittagessen.

»Soll das jetzt ewig so weitergehen?«, fragte Tatjana.

»Wieso? Störe ich dich vielleicht?«

»Du bist doch kein Vogel. Ein Mann muss arbeiten und Geld verdienen.«

»Für wen denn?«

Das war eine gute Frage. Tatjana arbeitete wie sieben Männer. Und er selbst, brauchte er etwa viel? Wofür denn? Für sein Begräbnis? Man würde ihn auch so begraben. Man ließ schließlich niemanden auf der Erde liegen.

Die beste Zeit seines Lebens war wohl damals gewesen, als er mit Vera zusammen war und sich für unglücklich gehalten hatte. Genau da hatte er seine besten Filme gedreht. Genau da hatte er die stärksten Gefühle gehabt …

Alexander bedauerte, dass er nicht an der Gallensteinoperation gestorben war. Damals stand er auf dem Höhepunkt seines Ruhms. Man hätte ihn mit allen Ehren beerdigt wie ein Politbüromitglied. Er hätte Tatjana nicht geheiratet, hätte Vera nicht so gekränkt, hätte nicht vom Tod seines Sohnes erfahren müssen.

Eines Tages weckten ihn Schritte, Stimmen und ein Klopfen an der Tür. Alexander öffnete die Augen und sah mitten in seinem Zimmer ein etwa fünfjähriges Mädchen. Sie war in eine Steppdecke eingewickelt und sah aus wie eine Großmutter in Taschenformat.

›Rebekka‹, dämmerte es Alexander. Er hatte sie nie gesehen, aber er erkannte sie sofort. Das Mädchen ähnelte Iwan nicht wirklich, aber irgendwie sah man doch, dass es seine Tochter war. Dieselben dunkelblauen Augen, die funkelten wie geschliffene Edelsteine, und dieselbe Art, dazustehen und dabei den kleinen Bauch herauszustrecken.

An der Tür lehnte eine Frau um die fünfzig. Sie war die genaue Kopie von Rebekka. Oder eher umgekehrt: Rebekka war die Kopie dieser Frau.

»Und wo ist Olja?«, fragte Alexander.

»Sie hat geheiratet«, sagte die Großmutter. »Sie wohnt jetzt in Riga. Dort hat sie andere Kinder.«

Also hatte Rebekka nicht in die neue Familie gepasst.

Das Mädchen trug einen schweren, handgenähten Mantel. In der Stadt zog man die Kinder anders an. Die Stadtkinder trugen leichte Daunenoveralls. Aber dieses Mädchen hier war arm. Dort, wo sie herkam, herrschte der Hunger, der die sogenannte Bauernschläue hervorbringt.

Tatjana kam ins Zimmer, feierlich und aufgeregt wie auf eine Bühne. Das war ihr Werk: Sie war nach Mamyri gefahren, hatte Alexanders Enkelin ausfindig gemacht und hatte sie samt Anhängsel hergebracht.

»Woher hast du das gewusst?«, fragte Alexander.

»Wir leben ja schließlich nicht im Busch«, antwortete Tatjana geheimnisvoll.

Sie wollte die Gäste in die Küche führen. Man musste ihnen doch etwas zu essen machen, sie anständig unterbringen. Tatjana wollte Rebekka und die Großmutter auf Iwans Wohnraum eintragen lassen, in ihrer ehemaligen Wohnung. Dafür musste man ein paar Bescheinigungen und Dokumente auftreiben. Man musste das Unmögliche vollbringen.

Aber für Tatjana gab es nichts Unmögliches. Ihr ganzes Leben war ein einziger Hindernislauf gewesen.

Tatjana liebte Hindernisse, wie eine junge Stute, die sich anschickt, ohne Zögern einen Graben zu überspringen. Ohne Hindernisse war das Leben langweilig und öde. Was wäre das denn für ein Leben, so ganz ohne Herausforderungen …

Tatjana führte die Gäste aus dem Zimmer. Sie schloss die Tür hinter sich, um Alexanders Ruhe nicht zu stören. Aber Alexander lag schon nicht mehr mit dem Gesicht zur Wand. Wie lange konnte man denn eine Wand anstarren, was konnte man dort schon sehen, außer Palmen.

Man musste aufstehen. Man musste arbeiten und Geld verdienen. Man musste dieses hilflose Paar ja irgendwie durchfüttern: Großmutter und Enkelin.

Der liebe Gott gibt den Tag, und die Nahrung gibt Alexander.

Iwan würde sich freuen. Vielleicht hatte ja er die beiden geschickt.

So vergingen die Jahre.

Vera starb.

Kurz vor ihrem Tod gab sie dem Fernsehen ein Interview. Das Interview war in einem Altenheim aufgezeichnet worden, und so hatte man den Eindruck, dass Vera in so einem Heim gestorben war. Aber das stimmte nicht. Vera war in ihrer eigenen Wohnung gestorben, die sie seinerzeit mit Alexanders Hilfe gekauft hatte. Er hatte die Hälfte des Kaufpreises bezahlt.

Er hätte ihr natürlich auch die ganze Summe geben können, aber die Hälfte war besser gewesen als nichts.

Der liebe Gott schenkte Vera einen leichten Tod. Es geschah im Schlaf.

Vera lag mit ruhigem glatten Gesicht da, schön und entspannt.

Vielleicht hatte sie allen alles verziehen. Oder alles und alle vergessen. Es erwartete sie das Rendezvous mit ihrem Sohn, sie würde seine Bilder sehen, die er mit himmlischen Farben gemalt hatte.

Das Interview wurde ein halbes Jahr nach Veras Tod ausgestrahlt.

Lena schaute angespannt auf den Bildschirm.

Vera erzählte aus ihrem Leben, und Lena wartete mit Entsetzen darauf, dass Vera jetzt über sie herfallen, sie in Stücke reißen würde. Sie würde sich rächen, wenn auch nur mit Worten. Und wäre auf ihre Art sogar im Recht. Was waren schon ein paar klare Worte im Vergleich zu einem verpfuschten Leben.

Sergej verkroch sich tief im Sessel. Wenn Vera über Lena herfiele, dann auch über ihn. Und er hatte in halb Moskau Freunde, und über hundert Untergebene. Aber es fielen keine Namen. Es gab keine Abrechnung. Nur Würde und Haltung.

Vera erzählte, wie sie die große Liebe ihres Lebens verloren hatte – Alexander. Wie sie den einzigen Sohn verloren hatte. Der Herrgott hatte ihr diesen Weg vorherbestimmt.

Vera las ihr Lieblingsgedicht vor. Sie las ganz ohne Schauspielerei, ganz einfach und gutherzig, stellte sich ganz in den Dienst des Schriftstellers. Sie selbst stand hintan.

Lena, die es gewohnt war, Vera im abgetragenen Hauskittel zu sehen, Vera, die nicht mehr geliebte, und Vera, die erniedrigte, war fasziniert von der Größe ihrer Persönlichkeit und ihres Talents. Vera kam wie Alice im Wunderland aus der Welt hinter den Spiegeln hervor, um ihnen allen zu sagen: »Seht her, das bin ich. Und ihr alle, lebt so gut ihr könnt.«

Am Ende der Sendung lächelte Vera traurig und fragte den Interviewer: »Ich bin ein Wrack, nicht wahr?«

Der Interviewer dachte nach und antwortete: »Dann sind wir alle Wracks.«

Alle erwarteten vom Leben Großes. Wollten das eine und erhielten das andere. Keiner bekam genug.

Ein paarmal im Jahr, an kirchlichen Feiertagen, besuchte Alexander Vera auf dem Wagankowskij-Friedhof.

Vorher rief er Rjaba an, dieser Name prägte sich ein anstelle von Rebekka. Sie trafen sich am Eingang des Friedhofs und kauften Nelken. Vera hatte diese robusten Blumen dafür geliebt, dass sie so lange hielten und würzig dufteten.

In der ersten Zeit nach der Beerdigung kamen andauernd Menschen zu Veras Grab, hauptsächlich einfache russische Frauen. Solche, wie sie selbst eine gewesen war. Veras Gesicht und Charakter waren auf die Leinwand eingebrannt worden, ihr Leben und Leiden, ihr tiefer Glaube, das Akzeptieren des Schicksals waren in Vera hineingewachsen, und vielleicht maßen diese Frauen ihr Leben an ihr.

Die Leute kamen und kamen. Sie ließen Blumen da. Auf dem Grabhügel türmte sich ein ganzer Berg von Blumen, unten schon vertrocknete, oben frische.

Der Strom der Menschen riss nicht ab.

Es begann eine neue Phase: Vera als die heilige Matrone. Eine Ikone. Das moralische Ideal.

Und vielleicht war sie wirklich eine Heilige. Nicht umsonst war ihr der heilige Iwan Bogoslow erschienen. Er kam schließlich nicht zu jedem, sprach ihn an und prüfte seine Standfestigkeit.

Nachdem sie eine Weile am Grab gestanden hatten, gingen Rjaba und Alexander zum Ausgang. Ganz ohne Eile spazierten sie über den Friedhof.

Alexanders Schnürsenkel war aufgegangen, er schleifte am Boden im Staub. Alexander hatte es nicht eilig, ihn neu zu binden. Denn dazu musste man sich bücken, und ihm tat das Kreuz weh. Eine Bandscheibe quälte ihn.

Die fünfzehnjährige Rjaba lief voraus, kniete sich hin,

band seinen Schuh und stand wieder auf. Sie sah ihren Großvater aus den dunkelblauen, ach so vertrauten Augen Iwans an.

Das Allerwertvollste in Alexanders Leben waren Vera, Iwan, Rjaba. Genau die drei, die er so leidenschaftlich nicht gewollt hatte.

»Mein Kind«, sagte Alexander gerührt.

»Du bist doch mein Kind«, antwortete Rjaba und rückte den Schal an seinem Hals zurecht.

Der Sommer war noch nicht zu Ende. Aber die Sonne schien schon nicht mehr so heiß, im Schatten war es kühl und windig.

Bitte beachten Sie
auch die folgenden Seiten

Viktorija Tokarjewa im Diogenes Verlag

Zickzack der Liebe

Erzählungen. Aus dem Russischen
von Monika Tantzscher

Die Menschen der Viktorija Tokarjewa rebellieren gegen ein Leben, das mit der Regelmäßigkeit eines Uhrwerks abläuft und keinen Raum für spontanes Glück lässt. Sie träumen vom Überschwang des Herzens und von leidenschaftlicher Liebe – zu deren Unbedingtheit sie sich dann doch nicht entscheiden können. Das Leben zu zweit erscheint wie ein spannender Kampf ›zwischen Wahrheit und Lüge‹. Ironisch und mit Herzblut erzählt eine selbstbewusste Autorin von den Partnerschaftsnöten russischer Frauen.

»Die große Kunst der Viktorija Tokarjewa besteht im äußerst sparsamen Gebrauch der erzählerischen Mittel. Überflüssige Details zu vermeiden und auf kürzestem Weg ins Herz der Dinge und der Menschen vorzudringen ist die Maxime der Autorin. Ihre Erzählungen sind von geradezu elementarer Wucht. Sie ist eine Meisterin.« *Frankfurter Allgemeine Zeitung*

Mara

Erzählung. Deutsch von
Angelika Schneider

Die ehrgeizige Mara hat nur zwei Ziele: Macht und Geld. Da sie beides mangels Ausbildung auf direktem Wege nicht erreichen kann, geht sie den Umweg über Männer. In *Mara* entwirft die Autorin das psychologisch feinfühlig gezeichnete tragikomische Bild einer modernen russischen ›femme fatale‹.

»Ihre Erzählungen führen sehr direkt an das Wesen der Menschen heran. Was sie sagt, sagt sie in äußerst gedrängter Form. Eine ›Vaterschaft‹ Čechovs scheint

vor allem im Umgang mit der Sprache, in der Beobachtungsgabe und im manchmal fast melancholischen Humor durchzuschlagen. Und obwohl Viktorija Tokarjewa in der Sowjetära lebt, sind ihre Figuren zeitlos, sieht man von den wenigen Tönen des Zeitkolorits ab. Wieviel klingt da mit.«
Regula Heusser / Neue Zürcher Zeitung

Happy-End

Erzählung. Deutsch von
Angelika Schneider

Aus purem Trotz heiratet Elja viel zu früh den sie naiv vergötternden Tolik und zieht mit ihm zu seinen Eltern in ein russisches Provinznest. Als sie an der Langeweile des Kleinstadtlebens zu ersticken droht, verliebt sich Elja in den Schauspieler Igor, der so wunderschön Lermontow rezitiert. Sie zieht mit ihm nach Moskau. Aber Igor ist Alkoholiker und hat seit Jahren keine guten Rollen mehr gespielt...

»Vor allem aber liegt der Zauber von Viktorija Tokarjewas Schreibweise in einem čechovschen Humor, der das schwere Leben leichter macht, dazu in gelegentlichen Ausflügen ins Träumerisch-Phantastisch-Absurde, im Witz der Formulierung, der den Geist vom Druck der Verhältnisse befreit.«
Deutsche Welle, Köln

Lebenskünstler

und andere Erzählungen
Deutsch von Ingrid Gloede

»Viktorija Tokarjewas Geschichten sind seit je von großer Anmut, allesamt Kunst-Stückchen, die einem die Vorstellung von Leichthändigkeit suggerieren. Nicht jedoch von Leichtgewichtigkeit. Die Genrebilder aus dem sowjetischen Alltagsleben, die die Autorin in ihrem Kaleidoskop aufleuchten lässt, sind nichts weniger als heiter, sie sind stellenweise sogar nieder-

drückend und bestürzend. Wenn sie uns dennoch ein Schmunzeln entlocken, dann liegt das daran, dass die Tokarjewa über einen ausgeprägten Humor verfügt und diese Gabe durchweg einsetzt. Es ist kein Humor der satirischen Art, eher eine sanfte Ironie, gewürzt mit einer Prise Traurigkeit und einem vollen Maß an mitmenschlichem Erbarmen.«
Sabine Brandt / Frankfurter Allgemeine Zeitung

»Sie erzählt von Menschen – erstaunlich emanzipierten Frauen –, die einem Ideal nachjagen, dauernd im Aufbruch begriffen sind und doch an den realen Bedingungen kleben bleiben wie an Leimruten.«
Die Weltwoche, Zürich

Der Pianist

Erzählungen
Deutsch von Angelika Schneider

Dem Star-Pianisten Igor, für den bisher nur Karriere und Familie zählten, begegnet eine Vamp-Frau, die sein Leben schlagartig verändert; die jüngst verwitwete Maskenbildnerin Lena verliebt sich in einen Fotografen, der behauptet, nur sie könne ihn retten; der junge arbeitslose Schauspieler Nick lässt sich von einem alten Millionär für bestimmte Dienste anheuern; spannend bis zum Schluss bleiben sie allemal, diese drei leidenschaftlichen Geschichten über Liebe, Tod, Macht und Geld.

»Ohne Aufhebens und mit großer erzählerischer Kraft sagt Viktorija Tokarjewa die Wahrheit über Menschen, nichts als die schmerzliche Wahrheit.«
Matthias Rüb / Frankfurter Allgemeine Zeitung

»Tokarjewas Erzählungen sind durchdrungen von trockenem Witz und warmem Humor, distanziert und engagiert zugleich.«
Wolfgang Koydl / Süddeutsche Zeitung, München

Glücksvogel

Roman. Deutsch von Angelika Schneider

Nichts ist zu schwierig für die clevere, skrupellose Nadka, sie schafft einfach alles – aber einer schafft sie: Andrej, ihre große Liebe, ist verheiratet und will es auch bleiben. Doch so schnell gibt Nadka nicht auf.

»Den Rahmen für den wunderbaren Roman von Viktorija Tokarjewa liefern die großen europäischen Umbrüche am Ende des vergangenen Jahrhunderts. Mit den politischen Landschaften ändern sich Hoffnungen und Ängste: alle Figuren in diesem Buch sind Suchende, aufgebrochen mit dem schmalen Gepäck vager Glücksversprechen.« *Silke Behl/Radio Bremen*

»Die Autorin weiß zu beobachten, und sie versteht ihre Beobachtungen ohne ermüdende Weitschweifigkeiten darzubieten.« *Sabine Brandt/FAZ*

»Viktorija Tokarjewas knappe Sätze rufen ganze Assoziationsketten hervor, und verblüfft stellt man immer wieder fest, wie wenig Worte die menschliche Wahrheit für sich beansprucht.«
Neue Zürcher Zeitung

Liebesterror

und andere Erzählungen
Deutsch von Angelika Schneider

Mutterliebe ist etwas Schönes, doch wenn sich die Mutter in das Liebesleben ihrer erwachsenen Tochter mischt, wird es problematisch. Spätestens wenn die Mutter nach einem heimlichen Treffen mit der Exfrau ihres künftigen Schwiegersohnes sagt: »Genau wie ich befürchtet habe: Er ist ein Schwätzer und Weiberheld«, wird es sogar kritisch. Und wenn Mama es dann auch noch schafft, bei dem frisch verheirateten Paar einzuziehen, bahnt sich Liebesterror an, denn natürlich will Mutter ja immer nur das Beste für ihr Kind.

»Die realistischen Bilder sind prall von Einfällen, genauen Details und ironisch verkündeten Lebensweisheiten. Ein Lesevergnügen besonderer Art.«
Maria Frisé / Frankfurter Allgemeine Zeitung

»Die Tokarjewa kennt das Leben. Und sie schreibt darüber. Unausweichlich. Mit Kraft, Genauigkeit, Schmerz und Witz.« *Alice Schwarzer / Emma*

Der Baum auf dem Dach

Roman. Deutsch von Angelika Schneider

Es gibt Dinge, die man nicht gerne teilt. Den eigenen Mann zum Beispiel. So sanft Vera auch ist, sie sieht nicht tatenlos zu. Doch in diesem Spiel sind sich Siege und Niederlagen oft zum Verwechseln ähnlich.
Der Baum auf dem Dach ist die Geschichte einer Überlebenskünstlerin und einer großen Liebenden.

»Von einer großen Liebe und der komplizierten russischen Seele erzählt Viktorija Tokarjewa in einer meisterhaft knappen, aber dennoch poetischen Erzählweise, die mehr als ein halbes Jahrhundert überspannt und eine so dichte Atmosphäre erzeugt, dass der Leser mitten ins Geschehen hineingezogen wird.«
Thomas Schmitz-Albohn / Gießener Anzeiger

»Eine nachdenklich stimmende Geschichte über die Bedeutung verpasster Chancen, über Einsamkeit, Schicksalsergebenheit und die Macht der Liebe.«
Elisabeth Zettl / Die Welt, Berlin

Alle meine Feinde

und andere Erzählungen
Deutsch von Angelika Schneider

Die resolute Malerin, die mit ihrer kleinen Enkelin Sascha auf der Datscha lebt, hat drei Feinde: Anka, die Haushälterin, die zwar für die Enkelin kocht, der Malerin aber nie etwas zu essen übrig lässt, wenn sie er-

schöpft aus dem Atelier kommt; Tanka, die zweite Frau ihres Vaters, die den Kontakt zwischen Vater und Tochter, wo es nur geht, hintertreibt; und Wanka, ihren Nachbarn, der eigenmächtig den Gartenzaun versetzt hat. Zu ihren Ungunsten natürlich.
Diese drei Menschen würden ihr das Leben zur Hölle machen, wären da nicht noch die Kunst, der Hund und die Enkelin, die sie lieben kann. Aber als alle ihre Feinde einer nach dem anderen von der Bildfläche verschwinden, entdeckt die Malerin, dass ihr ohne sie etwas Wesentliches fehlt.
Alle meine Feinde und vier weitere Erzählungen voll heiterer Lebensweisheit von der »großen alten Dame der jungen russischen Literatur« (Tages-Anzeiger, Zürich).

»Viktorija Tokarjewa durchschaut die Beziehungsmuster mit klarem Blick und lotet die menschlichen Tiefen und Höhen mit direkten Worten, philosophischen Überlegungen und oft auch ironischen Redewendungen aus, was aus jeder einzelnen Episode einen literarischen Leckerbissen macht.«
Giovanna Riolo / Freiburger Nachrichten